Wilhelm Jensen

Der Tag von Stralsund

Ein Bild aus der Hansezeit

Wilhelm Jensen: Der Tag von Stralsund. Ein Bild aus der Hansezeit

Erstdruck: Leipzig, Hesse, 1902

Neuausgabe
Herausgegeben von Karl-Maria Guth
Berlin 2017

Umschlaggestaltung von Thomas Schultz-Overhage unter Verwendung des Bildes: Unbekannter Fotograf, Stralsund um 1895

Gesetzt aus der Minion Pro, 11 pt

Verlag: Henricus - Edition Deutsche Klassik GmbH
Mörchinger Str. 33, 14169 Berlin, info@henricus-verlag.de
Druck: Libri Plureos GmbH, Friedensallee 273, 22763 Hamburg

ISBN 978-3-7437-0206-6

Bibliografische Information der Deutschen Nationalbibliothek

Die Deutsche Nationalbibliothek verzeichnet diese Publikation in der Deutschen Nationalbibliografie; detaillierte bibliografische Daten sind im Internet über www.dnb.de abrufbar.

Die Weltgeschichte ist ein seltsames Buch, zugleich von unerschöpflichem und von einfachem Inhalt. Auf jeder seiner zahllosen Seiten bringt es Neues, zuvor noch nicht Gewesenes, und doch wiederholt es auch immer nur Altes, schon früher Geschehenes. Seine Berichte sind mehr trübe als freudig, dienen dem Lesenden seltener zu einer Emporhebung, als zu einer Bedrückung des Gemüts. Nicht häufig erfüllen sie ihn mit einem Stolzgefühl, der Menschheit anzugehören, von deren Trachten und Tun das Buch Zeugnis ablegt. Denn kaum findet sich ein Blatt darin, das nicht mit Blutflecken bedeckt wäre. So weit Überlieferungen zurückreichen, verkünden sie gleichmäßig bei allen Völkern der Erde, den geistig vorgeschrittenen, wie den niedrigststehenden, wenig von einem goldenen Zeitalter des Friedens, der Eintracht und Freundschaft, genügsamer, gerechter und menschlicher Sinnesart. Fast überall vernehmen wir nur von eiserner Zeit unterlaßloser Kämpfe und Kriege, der Gewalttat, Herrschsucht und Willkür, des Hasses, der Habgier und Grausamkeit. In stille Verborgenheit des Einzeldaseins zieht das Edlere, das Milde und Schöne sich zurück; auf der weiten Schaubühne des Lebens toben mit seltener Unterbrechung die Zwietracht, der Streit, von der Eigensucht erzeugt und die Roheit nährend.

Lernen wir etwas aus der Betrachtung dieser Weltgeschichte, oder führt sie uns nur millionenfache Auftritte eines sinnlos verworrenen Lärmstückes vorüber? Fast will's so erscheinen, daß die Nachfolger äußerst geringen Erfahrungsnutzen aus der Hinterlassenschaft ihrer Vorgänger ziehen. Bei allen Wandlungen der Zeiten bleiben die Bedingungen des Menschheitslebens die nämlichen, und aus ihnen erwachsen die gleichen Triebe und Taten. Einen Besserungsvorschritt haben die letzten Jahrhunderte wenigstens in der Mehrzahl der Länder Europas, die sich Kulturlandes benennen, gebracht, innerhalb desselben Volkes den mittelalterlichen Kämpfen aller gegen alle ein Ende gesetzt. Daß es möglich sei, dem Drängen der selbständigen Völker wider einander jemals durch Schiedssprüche ein gleiches Ende zu bereiten, ist eine Torheit, die nur in einsichtslosen Köpfen ihr kindliches Wesen treiben kann.

Denn eines lernen wir doch als unabänderlich aus der Weltgeschichte, die Wahrheit des Ausspruchs Spinozas: »*Unusquisque tantum juris habet, quantum potentia valet*«. Dem verlieh der große Friedrich mit anderem Wort Ausdruck, als er seinen Kanonen die Inschrift eingraben ließ: »*Ultimo ratio regis*«; in unseren Tagen würden wir sie in »*Ultimo ratio nationis*« umwandeln. Die Geschichte lehrt, daß es stets so war, als eine Naturnotwendigkeit, die man beklagen, doch nicht ändern kann, so ist und in aller Zukunft so bleiben wird. Prägen auch die Kulturvölker ihrem Staatsgebäude die goldene Inschrift auf: *Jus fundamentum civitatis*, die Geschichte aller Zeiten, und nicht am wenigsten die der neuesten lehrt, daß zwischen Völkern einzig die Kraft das Recht behauptet.

* * *

So sahen auch die ersten Jahrzehnte des 15. Jahrhunderts fast alle Länder Europas von Stürmen und Ungewittern übertobt, in manchem noch wilderer Art, als das vergangene sie gekannt. Im Westen warf der König Heinrich V. von England seine Heermassen über den Kanal, dem schwachsinnigen König Karl VI. von Frankreich Krone und Reich zu entreißen; jahrelang durchwatete und verwüstete der Krieg die französischen Lande. In kleinerem Maße vollbrachte gleiches der Herzog von Burgund, ›Philipp der Gute‹ benannt, bemächtigte sich gewaltsam der Besitztümer Jakobäas von Holland, trennte dies, den Hennegau und Luxemburg, alte deutsche Lande, vom deutschen Reich ab, das bald danach auch das Herzogtum Lothringen an einen Verwandten des französischen Königshauses verlor. Eroberungssucht und Beutegier schwangen von den Thronen herab die Brandfackel über Städte und Erntefelder; neben dem im Tageslicht sich rotfärbenden Schwert des Soldknechts schlich im Dunkel der Dolch des Meuchelmörders, von Fürsten gegen Fürsten abgesandt. Die Bluttaten der Hochstehenden verzeichnete die Geschichte, den Untergang und Jammer der Niedrigen begrub sie wie immer unter dem Bahrtuch des Schweigens und der Vergessenheit.

Eine Zeit der tiefsten Schwäche des ›Heiligen römischen Reichs deutscher Nation‹ ist's, von den Namen der drei Kaiser Wenzel, Ruprecht von der Pfalz und Sigismund gekennzeichnet. Die kaiserliche Macht hat sich zur Ohnmacht, zum Spott und Spielzeug ihrer Gegner verwandelt, der kleinen, wie der großen. Im Innern des Reiches sprechen ihr Hunderte von unbotsamen Kurfürsten, Herzögen, Grafen, Bischöfen und Herren aller Arten Hohn, sich bald so, bald so untereinander und gegeneinander verbündend. In rastlosen Kämpfen unterliegt der Schwächere, erbeutet der Stärkere Gewinn; als selbstverständlich sieht die Zeit es an. Denn der ›Landfrieden‹ steht als Satzung nur auf dem Blatt, überall fehlt die Kraft, ihm Geltung zu erzwingen. Sowohl dem Großen gegenüber, wie dem kleinen Faustritter, dem gemeinen Buschklepper. Wie auf den Schlachtfeldern entscheiden auch auf den Straßen und Wegen nur die besseren Waffen, behüten den einzelnen vor Überfall und Raub. Das Recht hängt allein von der Kraft ab; hilf dir selbst! ist der Wahlspruch aller.

Von außen her drohen die Türken, fressen unterlaßlos am siechen Körper des Reichs, dessen Heerkräfte zugleich mehrfach in der lombardischen Ebene ihr Grab finden. Doch das furchtbarste Brandgeschwür an seinem Leibe bildet Böhmen, vom Hussitenaufstand durchtobt, den die Verbrennung des Reformators Johannes Huß, trotz kaiserlicher Geleitszusicherung, ins Ungeheure entzügelt. Ein Krieg, so voll an Greueln, mit solchem Lodern des Hasses, des Ingrimms, der Todesverachtung und tierischer Wut geführt, wie's die Welt noch selten gesehen. Die rächenden Vergelter des Treubruches Kaiser Sigismunds begnügen sich nicht mit seiner Demütigung, sondern tragen in verheerenden Kriegszügen den Schrecken ringshin weit in die deutschen Lande hinein. Mit besonderer Gewandtheit bedienen sie sich des schon seit mehr als einem Jahrhundert bekannten, doch bisher noch wenig zu erfolgreicher Anwendung gelangten Schießpulvers, und ihr grobes Geschütz erhöht überall das Entsetzen ihrer wilden Anstürme.

* * *

Aus dieser Zeit der Zerspaltung, Ohnmacht und Erniedrigung des Reiches, der scheulosen Gewalttat, Recht- und Treulosigkeit hebt sich eine neue, seltsame und doch menschlich wohl begreifbare Erscheinung auf. Schon seit zwei Jahrhunderten ist sie in ihren Anfängen hervorgetreten; die bedeutendsten Städte des Reiches sind hinter fester Ummauerung durch das Anwachsen ihrer Bevölkerung und ihres Wohlstandes erstarkt, fühlen sich gleicherweise von der Unsicherheit aller Zustände, der Willkür fürstlicher und adliger Herren bedroht und die Notwendigkeit eines Schutzes dagegen aus eigener Kraft. So haben sie, besonders am Rhein und in Oberdeutschland, sich in mannigfacher Richtung von ihren Oberherren unabhängig zu machen gesucht, zur Erreichung dieses

Ziels Bündnisse untereinander geschlossen. Fraglos sind diese städtischen Gemeinschaften die hervorragendsten, wenn zu der Zeit nicht die einzigen Vertreter des Rechtssinnes und vorschreitender Bildung; aus dem Bürgertum hebt sich der Beginn einer langsam aufdämmernden neuen Weltanschauung empor. Doch verfolgen sie bei ihrem Zusammenschluß nicht ideale Zwecke, sondern lediglich praktische, vor allem die Sicherung und Förderung ihres Handels, des Fundaments ihres Wohlstandes und ihrer Kraft. Unbewußt aber bahnen sie damit auch einen geistigen Fortschritt an, werden zu Aufhellern der mittelalterlichen Finsternis, gleichwie der Genueser Colon westwärts den Seeweg nach Indien suchte und eine neue Welt entdeckte.

Diese Bestrebungen der größeren Städte reichen mit ihren Anfängen schon bis ins 12. Jahrhundert zurück, jedoch erst die zweite Hälfte des 13. gewahrt die Entstehung eines Bundes an den nordischen Meerufern Deutschlands, der, mählich sich ausdehnend, ungefähr mit dem Beginn des 15. Jahrhunderts zur höchsten Stufe seiner Entwickelung aufsteigt. Eine Vereinigung der seehandeltreibenden Städte an der Nord- und Ostsee ist's, die nach der gleichen Sicherung auf dem Wasser trachten wie auf den Landwegen. Die Schiffe jeder einzelnen sind hilflos der Übermacht fremdländischer Fürsten und hohnlachender, wilder Seeräuber preisgegeben; so haben sie beschlossen, mit vereinten Kräften sich Recht und Schutz zu erzwingen. Zuerst nur wenige der größeren, zu einem tastenden Versuch, doch rasch verdoppelt, verzehnfacht sich die Zahl. Auch die kleineren erkennen ihr Heil in dem Anschluß, erhöhen durch zahlreichen Beitritt die Stärke der Gesamtheit; nicht nur am Meer belegene, ebenso die handeltreibenden Städte im niederdeutschen Binnenland, die nicht durch gewappnete Schiffe und Waffenträger, doch durch Geldbeisteuer die Macht des Bundes vermehren und dafür sich unter seiner Obhut bergen. Jetzt erstreckt er sich von der esthländischen Küste bis zur niederländischen an der Grenze Frankreichs, mehrfach sogar bis gegen Oberdeutschland hinauf.

Es ist ein stolzklingendes Wort, das zu jener Zeit die ganze Nordwelt Europas durchhallt: »De dudesche Hanse« – die deutsche Hansa. Der Ursprung des Namens liegt im Dunkel; ›Hans‹ oder ›Hansa‹ bezeichnet schon im Gotischen und Althochdeutschen eine Genossenschaft, eine Kaufmannsgilde. Und als solche tritt die deutsche Hansa ins Leben, als ein Bund des ›gemeinen Kaufmanns‹, wie die Zeit ihn nennt, das heißt, der vereinigten Allgemeinheit der Kaufleute.

Eine seltsame, nur aus den wirr-schwankenden Zuständen jener Jahrhunderte erklärbare Genossenschaft. Mit wenig Ausnahmen keine Verbündung freiselbständiger Städte, die große Mehrzahl ist Landesherren untertan, jede einzelne, dieser Angehörigkeit gemäß, dem ihrigen verpflichtet, seinem Geheiß unterworfen. Und doch stehen in der Gesamtheit der ›Hanse‹ alle unabhängig, selbst ihr Wollen und Tun bestimmend, da; es entspringt der Kraft des Zusammenschlusses, den die Herrschsucht und Habgier der unter sich zerspaltenen Fürsten nicht anzutasten wagt. Sie haben es bei dem Versuch einer Gewalttat nicht mit ›ihrer‹ Stadt zu tun, sondern mit dem Bündnis des ›gemeinen Kaufmanns‹ im ganzen deutschen Norden. Mit den wehrhaften Bürgern, der Geldmacht und Mauerfestigkeit, den mit Feuergeschützen ausgerüsteten Kriegskoggen aller zu Schutz und Trutz vereinigten Städte.

Es ist ein hochtönendes, viel Schrecken wachrufendes, viel heimlichen Ingrimm zum Lodern schürendes Wort: De dudische Hanse. Mit niederdeutschem Namen nennen sie sich, denn plattdeutsch ist ihre Sprache.

Gewaltiges umschließt das Wort an klugem Ratschlag, Kraft und zielbewußter Tat, an Ausdauer und Vergangenheit, doch, der Unbeständigkeit aller irdischen Dinge unterworfen, bleibt die Hansa auch während ihres höchsten Glanzes von inneren Zwistigkeiten, Zerwürfnissen, Neid, Wankelmut und Abfall nicht frei. Oft durchtobt auch die Straßen der Städte lauter Aufruhr, Parteien, Geschlechter und Zünfte bekämpfen sich in ihnen auf Leben und Tod; hier und dort wird das bestehende Regiment der Burgemeister und Ratsherren gestürzt, ein neues aufgerichtet. Das Blut der Unterliegenden färbt den Richtplatz, oder noch rechtzeitig entkommen, rufen sie sich Beihelfer von auswärts, um ihre Herrschaft zurückzugewinnen; Bestechung, Verrat und Verschwörung drängen sich ein, lähmen nicht selten von den erkrankten Gliedern aus die Kraft des Gesamtkörpers zu schwerer Schädigung für ihn auch nach außen. Und dem bewußten Unrecht, mit dem die fürstlichen Machthaber überall die Zwecke ihrer Eigensucht verfolgen, ihrer Härte, Wildheit und grausamen Unmenschlichkeit setzen die trotzigen Bürger der Hansestädte mannigfach ebenso bewußt das Gleiche entgegen. Denn die weichmütige Schwäche büßt Recht und Besitz ein, einzig die eiserne Faust verbürgt Sicherung und Gewinn.

Aber trotz solchen Wechselfällen steht im Beginn des 15. Jahrhunderts die deutsche Hansa als beherrschende Macht auf der Ost- und Nordsee von der russischen Küste bis zur englischen da, hat ihr Hauptziel, sich die drei skandinavischen Reiche, Dänemark, Norwegen und Schweden, botmäßig zu machen, erreicht. Sie hat nach langem Kampf ihren größten Gegner, den Dänenkönig Waldemar Atterdag, zu Boden gebrochen, von Thron und Reich verjagt, daß der ehedem auf seine Allmacht Überstolze landflüchtig, fruchtlos um Beihilfe bettelnd, in die Fremde geirrt. Sie schreibt den skandinavischen Ländern Gesetze vor, setzt dort Könige ab und ein. Denn die deutsche Hansa, nur aus handeltreibenden, den verschiedensten Oberherren ungehörigen Städten zusammengefügt, der ›gemeine Kaufmann‹ ist die gebietende Großmacht des Nordens geworden, weil er die See beherrscht.

An der Spitze des Bundes als allseitig anerkanntes Haupt steht Lübeck, neben ihm treten von Anfang her vier seiner Nachbarn an der Ostsee hervor, Wismar, Rostock, Greifswald und Stralsund, das letztere nach Lübeck die zweite Rangstelle einnehmend. Diese fünf tragen den Namen der ›wendischen Städte‹; mit allen übrigen zum Ostseegebiet gehörigen bilden sie die ›Osterlinge‹, auf denen die Hauptkraft der Hansa beruht. Doch stehen ihnen im Westen, als die wichtigsten Bundesglieder an der Nordsee, die ›Westerlinge‹ Hamburg, Bremen und Emden nicht nach, vor allem das niederländische Brügge, das an Schiffzahl und Reichtum hervorragt; die ›Brüggelinge‹ gelten als die feinsten unter den ›Hansen‹, geben lange Zeit hindurch in der Kleidung und im Benehmen den ›guten Ton‹ an. Im ganzen haben schon an den Kriegen gegen Waldemar Atterdag weit über hundert Städte direkt oder indirekt Anteil genommen.

Das äußere Bild der hauptbedeutenden unter ihnen zeigt sich, trotz den weiten räumlichen Entfernungen, der Verschiedenartigkeit der Himmelsstriche merkwürdig übereinstimmend; die nämliche Bauart, die ›hansische‹, hat es gestaltet. Dorpat und Riga an der livländischen Küste, Wisby auf der schwedischen Insel Gotland, Amsterdam, Brügge, Köln, Soest und Münster bieten im allgemeinen dieselbe Erscheinung dar wie Bremen, Hamburg, Lübeck, Stralsund und Danzig. Über ihre trotzige, von breiten Gräben oder Wasserläufen umgürtete Mauerumwallung ragen, weithin sichtbar, hohe, nadelförmige Spitztürme der Kirchen empor, blicken auf ein Gewirr zumeist schmaler Gassen nieder, deren Häuser sämtlich hoch aufgetreppte, sich nur wenig unterscheidende Giebel in die Luft strecken; vielfach suchen überkragende Stockwerke nach oben die Wohn- und Warenräume zu erweitern.

Mächtige Rathausgebäude stechen daraus hervor, gewaltige Kirchen, stolzblickende Patrizierhöfe und Gildehäuser. Alle Städte erfüllt dasselbe ›hansische‹ Leben, das Gleiche an Brauch und Tagesgewohnheit, Handels- und Gewerkbetrieb; überall, in Esthland wie in Holland, herrscht im Verkehr die niederdeutsche, die hansische Sprache vor. Der große Verband besitzt vier Hauptniederlassungen, ›Kontore‹, zur Wahrung und Betreibung seiner gemeinsamen Handelsinteressen, zu Nowgorod, Bergen in Norwegen, Brügge und London. Doch noch an vielen anderen Orten spricht ein ›deutscher Kaufhof‹, selbst im seinen Venedig ein *Fondaco dei Tedeschi*, von der stolzen Macht der ›dudeschen Hanse‹.

* * *

In den letzten Jahrzehnten des 14. Jahrhunderts sieht die skandinavische Welt eine Frau von überragendem Geist und ungewöhnlicher weiblicher Tatkraft. Waldemar Atterdag hat zwei Töchter, Ingeborg und Margarete hinterlassen, die erste, ältere ist mit dem Herzog Heinrich von Mecklenburg, die zweite mit dem König Hakon von Norwegen vermählt. So fällt rechtgemäß dem Sohne Ingeborgs die Thronfolge in Dänemark zu, doch ihre jüngere Schwester handelt mit rücksichtsloser schneller Energie und gewinnt für ihr fünfjähriges Söhnlein Olaf die dänische Krone. Dies Ziel erreicht sie durch die mächtige Unterstützung der Hansa, die, von den ihr gemachten vorteilhaften Versprechungen vorbedachtlos verblendet, ihr Beihilfe leistet. Nach dem Tode seines Vaters ist Olaf König von Norwegen und Dänemark, für den unmündigen Knaben führt seine Mutter die Herrschaft. Noch kaum sechzehnjährig aber stirbt er, und unmittelbar danach wird die bisherige stellvertretende Regentin nicht nur zur Königin von Norwegen, auch zur »Fürstin des Reiches Dänemark« erwählt.

Eine mit dem König Albrecht von Schweden zerfallene starke Adelspartei ruft sie gegen diesen zum Beistand über den Sund und sagt ihr auch die schwedische Krone zu. Rasch folgt sie der Aufforderung, das Kriegsglück ist ihr günstig, und im Jahre 1389 vereinigt sie in ihrer Hand die Herrschaft über sämtliche drei skandinavischen Reiche. Ihr mannhaft kühnes Wesen damit bezeichnend, gibt man ihr dort den Beinamen »Margarete Sprengehest«, im übrigen Europa benennt man sie die »Semiramis des Nordens«. Die deutsche Hansa hat einen gewaltigen, nicht wieder wett zu machenden Fehlgriff begangen, daß sie in den Ländern ihrer Hauptgegner die Vereinigung der drei Kronen auf einem Haupt nicht nur geduldet, sondern selbst dazu behilflich gewesen ist.

Um diese Zeit spielt, unweit von der Hansestadt Rügenwalde im östlichen Pommerlande, manchmal am einsamen Ostseestrand ein siebenjähriger Knabe mit farbigen Steinen und Muscheln, die ihm die Wellen vor die Füße spülen. Er wandert dorthin von einer nah' der Küste belegenen Burg, die, obwohl von Wall und Graben umgeben, mehr nur einer großen ländlichen Hofstätte gleicht als einem fürstlichen Schloß, obwohl der Herzog Wratislaw von Pommern-Wolgast drin haust, der Vater des kleinen Knaben.

Diesem bläst der Seewind dunkelbraunes Haargelock um die Schläfen, zuweilen läßt er von seinem Spieltreiben ab und sieht eine Zeitlang unbeweglich aus großaufgeweiteten, hell und scharfgesternten Augen über die uferlose Wasserfläche hin; in seinen Zügen liegt dann ein horchender Ausdruck, als lausche er auf etwas durch die Luft über die See Herkommendes. Doch gemeiniglich nur immer das Gleiche ist's: Summen des Windes und ein leis singender Ton der Wellen. Nur wenn der Sturm von Norden her braust, wirft er zornig rauschende und knatternde Wogen ans Ufer; das sind Stimmen des Aufruhrs, die den Horchenden wie in einen Bann zu fesseln scheinen. Er mag fühlen, daß der wütende Nord ihm wie mit Dorngerten ins Gesicht peitscht, daß die kochende See Gischt und Schaum bis über seine Knie heraufschleudert, doch er achtet nicht darauf, es tut ihm wohl, und ein Funkeln sprüht zwischen seinen Lidern, als höre er jetzt das, wonach sein Ohr sich gespannt.

Ein ungewöhnlich schöner Knabe ist's, mit eigenartigem, kühnem Schnitt des Antlitzes, drin die Augen sich unter eine stark vorgewölbte Stirn zurückziehen, bei dem Kinde schon von einem schweren Bogen dichter, schwarzer Brauen überschattet. Bald um ein Jahrhundert zuvor hat drüben jenseits der Ostsee der Strand der Insel Seeland das nämliche Knabenbild gewahrt, gleich und doch verschieden. Es hat auch so mit Muscheln und Steinen gespielt, auch mit solchen Augen und Zügen aufs Meer hinausgeblickt, doch nicht mit dunkel umrahmten, denn König Waldemar Atterdag hatte dänisch blondes Haar. Sonst aber gleicht ihm auffällig sein Nachkomme, der Enkel seiner ältesten Tochter, der schönen Ingeborg, Erich von Pommern. Nur hat bei diesem sich das ›wendische‹ Blut der alten pommerschen Fürsten hinzugesellt, sein anderer Ahnherr Swantibor, der heidnische wilde Todfeind des Christentums, ihm das dunkle Scheitelgelock übermacht. Das erhöht die Knabenschönheit Erichs von Pommern noch über die weitberufene, alle Frauenaugen bezwingende seines dänischen Urältervaters hinaus.

Er ist ein Fürstensohn, doch nicht von fürstlichem Prunk und Reichtum umgeben, die schmucklose Burg bei Rügenwalde bezeugt's. Trotz einem ausgedehnten Landgebiet sind die Herzöge von Pommern-Wolgast, unter brandenburgischer Lehnshoheit stehend, nur karg gestellt, durch unglückliche Fehden mit streitbaren Nachbarn herabgekommen; im Innern trotzt ihnen aufsässiger Adel hinter festem Gemäuer, und noch mehr tun's die fast ausnahmslos dem Hansabund beigetretenen Städte, zu denen jenseits des Stettiner Haffs auch noch Stralsund und Greifswald gehören. Sich das reichsfreie Lübeck zum Vorbild nehmend, erhöhen sie in immer wachsendem Maße ihre Selbständigkeit, versagen dem Landesherrn die Steuern, verschließen ihm nach Gutdünken ihre Tore. Diese Unbotmäßigkeit muß er schweigend dulden, zu einem Kampf mit der Macht der Hansa reichen seine Kräfte weitaus nicht hin. Der Herzog von Pommern-Wolgast führt in seinem Lande nur eine Scheinherrschaft, keine wirkliche.

Das weiß oder fühlt der am Strand spielende Knabe. Auch auf die Redeführung in seiner Väterburg hat er mit frühreifem Verständnis gehorcht, weiß, daß er ein Nachkomme des großen Waldemar Atterdag ist und daß nach seiner Abkunft rechtmäßig die Königskrone von Dänemark ihm gehört hätte, nicht seinem Vetter Olaf von Norwegen. Aber die dudesche Hanse hat diesem zu ihr verholfen.

Nicht nur das äußere Bild des Königs Waldemar hat die Blutserbschaft in dem Knaben Erich von Pommern wiederholt, auch das innere Wesen desselben hat sie ihm mitgegeben. Seine pommerschen Vätervorfahren lassen ihn gleichgültig, er fühlt sich als ein Sproß seines mütterlichen Ahnherrn, dessen Bild immer vor der Vorstellung seiner Augen und Gedanken steht. Begehrlich lauscht er, wenn von diesem gesprochen wird, von dem unschreckbaren Mut, der Tapferkeit und verschlagenen Klugheit, dem hochfahrenden Königsstolz Waldemars; von seiner beherrschenden Macht im ganzen Norden, seinem Sturz und Untergang, seiner Verjagung von Thron und Reich. Das hat die dudesche Hanse getan.

In der Brust seines Urenkels lodert, von Jahr zu Jahr stärker genährt, ein ohnmächtiger tiefer Grimm gegen die dudesche Hanse. Vor allem ein wilder Haß gegen seines Vaters Stadt Stralsund. Sie hat mit Lübeck zusammen am meisten die Erniedrigung des großen Dänenkönigs ins Werk gesetzt, und sie ist's, von der er täglich hört, daß sie, auf ihre Mauern und Wehrbürger, ihre Stellung im Städtebund und ihren Reichtum pochend, am trotzigsten, fast mit unbemänteltem Hohn die Gebote ihres Oberherrn mißachtet. Die Welt hat sich verwandelt seit den Tagen, in denen Waldemar mit stolzer Verachtung auf die ›Peberswende‹ herabgeblickt, jetzt zucken die Pfeffergesellen geringschätzig über die Fürsten ihre Schultern. In dem Knaben Erich von Pommern schwillt und kocht das Blut seines Urältervaters gegen den ›gemeinen Kaufmann‹ auf bei der einbildnerischen Vorstellung, an den Städtebürgern, der dudeschen Hanse, der Stadt Stralsund Rache üben zu können. König Waldemar hat seinen Beinamen nach einem oft von ihm im Munde geführten Wort erhalten: »Morgen ist wieder – atter – ein Tag«; ein Tag, dessen kluge Benutzung zustande bringen wird, was heute fehlgeschlagen, und in der Handhabung dieses ›morgen‹ ist er ein Meister gewesen. Sein Urenkel baut am Strand aus Tang und Steinen eine Mauerrundung auf – das ist die verhaßte Stadt Stralsund – und er gräbt von ihr eine breite Rinne im Sand bis zum Wasser. Dann ruft er dies an und befiehlt den Wellen – das sind seine Heertruppen – vorzurücken, die Wälle von Stralsund zu erstürmen und niederzureißen. Doch sie folgen dem Gebot nicht, plätschern nur leis spielend in den Graben hinein; es wird Abend, er muß zur Burg zurück, seine Hand droht der Stadt noch einmal zum Abschied, und er sagt dazu: »Morgen ist wieder ein Tag«. Aber er ist nicht Waldemar Atterdag und kein Herrscher über die See. Das ›morgen‹ und die nachfolgenden Tage beweisen es ihm in gleicher Weise. Er kann seine Ungeduld, die das Warten nicht länger verträgt, nicht zügeln, und weil er Stralsund vernichtet sehen will, zerstört er es wieder. Doch seine eigene Hand muß es tun; jemand ist Zeuge des kinderhaften Treibens oder vernimmt davon, und in der Hansestadt Rügenwalde dient den Bürgern der Sohn ihres Herzogs zu spöttischer Belustigung.

Wie die Jahre weitergegangen, sieht die Ostsee Erich von Pommern keine Knabenspiele mehr am Strand anstellen, doch gewahrt ihn dafür eines Tages, ungefähr fünfzehnjährig, auf einem kleinen Fahrzeug westwärts der pommerschen Küste entlang segeln; heimlich hat er die Schloßburg verlassen, als ein gewöhnlicher Bauernjunge verkleidet, die Neigung dazu scheint ihm auch als ein Erbteil von Waldemar Atterdag überkommen zu sein, wie nicht minder ein anderes. Hochaufgewachsen hat er sich früh zum Jüngling entwickelt, nach dem die Augen der Mädchen gehen; ebenso aber richten die seinigen sich nach ihnen, finden mit laschem Blick aus einer größeren Anzahl die am meisten mit Reizen Begabte heraus. Die Phantasie ist mächtig in seinem Kopf, sie treibt ihn heut' übers Wasser fort; ihm ist zu Gehör gekommen, am Rand der Insel Wollin in der Oderausmündung sei in grauer Vorzeit eine große Stadt Jumne oder Julin, eine *urbs Venetorum*, der Wenden, danach auch Vineta benannt, von der See verschlungen worden, doch bei heller Luft könne man ihre Trümmer noch drunten unter den Wellen gewahren. Das hat in seinem Kopf gezündet, er verwendet seinen geringfügigen Geldbesitz dazu, einen Schiffer zu dingen, der ihn in seiner Schute dorthin bringt und noch anderes zu erzählen weiß. Auf dem Dünenhang neben der versunkenen Stadt haben noch vor dieser die Jomsvikinger die Jomsburg erbaut gehabt und der dänische Seekönig Palnatoke drin gehaust, der Schrecken aller Länder und Völker ringsum an der ganzen Ostsee. Als der nach unzählbaren Heldentaten gefühlt, daß der Tod die Hand nach ihm strecke, ist er im Vollmondschein zur höchsten Dünenkuppe aufgestiegen, hat eine weiße Locke von seinem Scheitel geschnitten und in die See drunten hinabgeworfen. Da rauschen wie sturmgepeitscht die Wogen auf, Schiffe mit blutroten Segeln steigen aus der Tiefe, ihre goldenen Schnäbel flammen, auf den Kastellen klirren und rasseln tausend Schwerter, Speere und Schilde, und von tausend Lippen hallt's: »Du hast uns gerufen, Herr, aus unsrer Meerrast!« Die Kriegsfahrtgenossen Palnatokes sind's, die vor ihm von Sturm und Flut verschlungen worden; nun grüßt er sie, und seine Hand winkt. Da birst der Wasserschlund auseinander, das Vikingschiff des Seekönigs hebt sich aus ihm empor, er tritt hinein, und die Segel umbauschen ihn wie ein Purpurmantel. Mit Waffenklang und Jubelgesang seine Heldentaten und seinen Ruhm preisend, umringen ihn seine Vasallen und geben dem alten Recken das Totengeleit zum Meeresgrund hinunter.

Auch eine Mondnacht ist's, in welcher der Schiffer während der Fahrt an der pommerschen Küste entlang seinem jungen Begleitsmann davon erzählt, und am andern Tag gegen Sonnenuntergang landen sie am einsamen Gestade der Insel Wollin. Der phantastische Sinn Erichs von Pommern hat reiche Nahrung eingesogen; unter der ruhigen Wasserfläche stellen die abendlichen Goldstrahlen ihm klar die Trümmerreste von Vineta vor Augen. In Wirklichkeit sind's nicht solche, sondern ein absonderlich geformtes Steingerippe aus alten Findlingsblöcken am Seegrund, doch die Einbildungskraft gestaltet dem jungen Beschauer daraus Überbleibsel von versunkenen Mauern, Türmen und Palästen. Dann steigt er im Dämmern allein zu der ›Silberberg‹ benannten Dünenhöhe hinauf, wo die Jomsburg des Seekönigs Palnatoke gestanden. Nur wenig Gesteinreste geben noch Kunde davon, daß hier einmal ein Bau gewesen; er setzt sich und hängt Vorstellungen nach, die ihm aus dem einfallenden Nachtdunkel heraufkommen. Drüben im Westen, wo den Himmelsrand noch ein rotbrauner Saum färbt, liegt die verhaßte Stadt Stralsund – wäre er der Seekönig Palnatoke, so zöge er mit seinen Vikingschiffen zu ihr hinüber, sie zu erstürmen und in Trümmer zu legen, wie dort unten Julin. Von Osten her steht der Nachtwind auf, und unter den Dünen beginnen Wellen murrend auf den Vorstrand zu rauschen, doch dabei auch zu blinken und hellere Schaumkämme zu zeigen, denn die Vollmondscheibe reckt sich aus der See empor. Eine Zeitlang wie ein glühender Feuerball, dann wird sie silbern, übergießt die stille Leere der Sandkuppe mit weißem Licht. Erich steht auf, vom langen Sitzen ist's ihm kühl geworden und überfröstelt ihn, so geht er, am abgeredeten Platz den Schiffer wieder zu finden. Aber wie er an den Rand der Düne kommt, hebt sich vor ihm ein dunklerer Schatten vom gelblichen Grund ab, dort sitzt etwas am Boden, ein Mensch, eine weibliche Gestalt mit lang auf Rücken und Schulter niederfallendem, tief dunklem Haar. Rasch überhellt sie das Mondlicht so deutlich, daß auch ihr Gesicht erkennbar wird, mit schönen Zügen und von einer weißen Farbe, die im Strahlenauffall ein eigenartiger perlender Glanz überrieselt. Sie hat dadurch etwas von einem aus dem Wasser heraufgestiegenen Meerweib; offenbar ist's eine Wendin, ein noch blutjunges Mädchen, an Jahren wohl ungefähr dem auf sie Zutretenden gleich. Verwundert fragt er: »Wer bist du? Kommst du von Julin hier herauf?« Sie sieht ihn aus dunkelglimmenden Augensternen antwortlos an, nur ein sonderbar halblachender Ton, an einen Wasservogelruf erinnernd, kommt ihr vom Mund, dabei blicken zwischen den Lippen ihre Zahnreihen noch weißer perlend als die Gesichtsfarbe hervor. Er wiederholt: »Wer bist du? Wie heißt du?« Mit seiner bäuerischen Kleidung nicht übereinstimmend, klingt etwas Befehlendes aus den Worten, und nun erwidert sie: »Gesa«. Er weiß nicht, warum ihm dabei ein anderer Gedanke durch den Kopf fährt, dem er Ausdruck mit der Frage gibt: »So stammst du vom König Palnatoke ab?« Dazu lacht sie abermals, doch begleitet dies mit einem Nicken. Jetzt faßt er nach ihrer, im Mondlicht auf dem Gewand über den Knien wie eine kleine Schaumwelle glitzernden Hand und sagt: »Komm mit mir zurück in seine Burg, dort erzähl' mir von ihm!« Sie leistet keinen Widerstand; beim Aufrichten steht sie schlankwüchsig höher da, als ihre Gestalt in der sitzenden Haltung erschienen. So gehen beide miteinander dem Platz der ehemaligen Jomsburg zu, lassen sich zusammen dort auf dem Dünensand nieder. Unter ihren Füßen murren die Wellen, der Wind, stärker anschwellend, stiebt ihnen das Haar an den Schläfen auf, und kühl liegt der weiße Nachtglanz um sie. Doch Erich fröstelt's nicht mehr, seine Blutwellen drängen sich rasch; mit mancherlei Fragen dringt er sprunghaft ungestüm auf Gesa ein, und ihre sonderbare Stimme, aus der helltönig etwas klingt, wie wenn das Wasser mit kleinen, klirrenden Strandkieseln spielt, antwortet nun darauf.

Wie der junge, flüchtige Besucher Julins und der Jomsburg, der den Jahren nach noch ein Knabe, doch in Wirklichkeit schon weiter vorgeschritten ist, um zwei Tage später wieder bei Rügenwalde anlandet, hat sich ganz ein Gedanke seines Kopfes bemächtigt. Er will ein Seekönig werden, obgleich man ihm heute nur den Namen eines Seeräubers beilegen wird, sobald er's vermag, ein Vikingschiff ausrüsten und damit gegen Kauffahrer der dudeschen Hanse, vor allem gegen die von Stralsund ausziehen. Die will er überfallen, entern, ihrer Waren und Reichtümer berauben, zu Orlogskoggen umwandeln, um sich aus ihnen eine Flotte zum offenen Kampfe wider die Hansa zu schaffen. Sein Schiff soll nicht gleich denen der ›Pfefferknechte‹ einen Erzengel- oder Heiligennamen führen, sondern das Bildnis eines jungen Meerweibes am Bugspriet tragen und »Gesa« heißen. Ein kinderhafter Plan ist's, eines Ohnmächtigen Wunsch; zur Ausführungsmöglichkeit gebricht ihm alles, nicht am wenigsten der Geldbesitz. Es spielt damit nur eine Einbildung, die sich noch als die eines Knaben kundtut.

Da erwacht mit fünfzehn Jahren eines Morgens Erich von Pommern als der König von Dänemark, Norwegen und Schweden.

Die Semiramis des Nordens besitzt keinen Erben ihrer drei Kronen mehr, alternd hat sie sich erinnert, daß noch ein letzter Abkomme ihres Vaters unter den Lebendigen ist, und mit plötzlicher Entscheidung erwählt sie den Enkel ihrer Schwester zu ihrem Nachfolger. Mit der männlichen Kraft ihres Willens setzt sie sofort den gefaßten Entschluß ins Werk, und um ein paar Wochen nachher wird auf dem alten Schloß

Kalmarhus an der Südküste Schwedens der Sohn des kleinen Pommernfürsten mit gewaltigem Feiergepränge zum König der drei nordischen Reiche gekrönt; eine Untrennbarkeit derselben setzt zugleich der Abschluß der ›Kalmarischen Union‹ fest. In Wirklichkeit jedoch führt der Gekrönte, auch nachdem er ins Männlichkeitsalter gelangt, nicht die Herrschaft, Margarete Sprengeheft ist nicht die Frau, so lange sie lebt, das Zepter in andere Hand zu legen; wie die assyrische Semiramis einstmals für ihren Sohn Ninyas bis zu ihrem Tode fortregiert hat, tut sie's für ihren Großneffen, der gleich jenem nur den Schein der Majestät vor der Welt trägt. Erst um fünfzehn Jahre später, als das zweite Jahrzehnt des 15. Jahrhunderts schon ein Weilchen begonnen, scheidet die merkwürdige Frau aus dem Leben, und Erich von Pommern ist wirklich der König der von ihr vereinigten, aus früherer vielfacher Gegensätzlichkeit zur kraftvollen Eintracht emporgeförderten nordischen Welt.

Auf ihrem Thron sitzt ein dem Blut Waldemars Atterdag entsprossener Herrscher. Wie er diesem im bestrickenden Äußeren ähnelt, ist er von hochfahrendem Selbstbewußtsein, leidenschaftlich, wild-verwegen, treulos und falsch wie Waldemar Atterdag, noch mehr als dieser ein haßerfüllter Todfeind der dudeschen Hanse. Nur mangelt seinem heißblütigen Ungestüm, nicht die Verschlagenheit, doch die überlegene Klugheit, der kühl rechnende Verstand und das Gewaltige, der im Edlen und Unedlen bezwingende Zug, mit dem sein Urältervater seine Ziele ins Auge gefaßt und Jahrzehnte lang als Obsieger erreicht hat.

* * *

Laut und lärmend nach ältestem Herkommen ging's auch im Weitervorschritt des 15. Jahrhunderts in den Länderküsten um die Ostsee, wie an der von Norwegen zu. Zwischen mancherlei alten Widersachern tobte der offene Kampf, doch nicht minder lohten die Flammen des inneren Haders bald hier, bald dort in den Hansestädten auf, zehrten an der Gesundheit und Kraft ihres Gemeinwesens. Als schlimmstes Übel aber war, gleichsam zu einem Widerspiel der Hansa, das Seeräuber-Unwesen der ›Vitalienbrüder‹ aufgediehen, das seinen Anfang während der Belagerung Stockholms durch Margarete Sprengehest genommen. Damals versah eine Anzahl kühner Schiffer von der wendischen Küste die bedrängte Stadt vom Meer aus mit Lebensmitteln, danach erhielten sie den Namen Vitalien-, das hieß Viktualienbrüder. Zugleich jedoch rüsteten die Städte Rostock und Wismar sie ohne Vorwissen der ›gemeinen‹ Hansa mit ›Stehlbriefen‹ aus, dänische und norwegische Kauffahrzeuge aufzugreifen und als Beute wegzuschleppen; in einem sicheren Hafen verteilten sie ihren Raub gleichmäßig nach der Kopfzahl unter sich, benannten sich selbst danach ›Likedeeler‹. Daraus war im Weitergang Bitterböses großgewachsen, denn ungezählt strömte den wildverwegenen Abenteurern waghalsig-gieriges Volk zu, das nichts zu verlieren, nur zu gewinnen hatte, Unedle und Edle, vorm Rad und Galgen davongelaufene Schelme. So schwollen sie zu einer Macht an, die sich frech an der Hansa selbst vergriff, das Comptoir derselben in Bergen, die ›deutsche Brücke‹, überfiel, plünderte, beraubte, verwüstete, die alte Hansestadt Wisby auf Gotland völlig in ihre Gewalt brachte, darin ihr Hauptquartier aufschlug und auf der Ost- und Nordsee gleichen Schrecken unter den deutschen Schiffen ausbreitete wie unter den skandinavischen. Ihre Hauptanführer, die geraubte Heiligengebeine zum Festmachen auf der Brust bargen, waren zwei hünenhafte Gesellen, Godeke Michelsson, der eine Eisenkette wie Bindfaden zerriß, und Claus Störtebeker, der an Stelle seines abgelegten Adelsnamens diesen davon trug, daß ihm kein Humpen zu mächtig war, ihn nicht auf einen Zug hinunterstürzen zu können. Die beiden zwar hatte schließlich eine gegen sie ausgerüstete Hamburger Flotte, vor allem »die mit starken Hörnern durch die See brausende ›Bunte Kuh‹, das Orlogschiff des Flottenhauptmanns Simon von Utrecht, auf der Nordsee erjagt, und tagelang hatte auf dem Grasbrook in Hamburg der ›Meister‹ Rosenfeld mit seinen ›Schobanden‹ in geschnürten Schuhen bis an die Knöchel im Blut von anderthalb Hunderten geköpfter, gevierteilter und aufs Rad geflochtener Likedeeler gewatet. Als er seine ›Arbeit‹ zu Ende gebracht, trat ein Ratsherr zu ihm heran mit den Worten, er müsse wohl zu Tode müde von der Anstrengung sein. Doch mit einem grimmigen Lachen versetzte der Befragte: Ihm sei's nie wohler gewesen und er habe noch Kraft genug, um den ganzen wohlwürdigen und ehrsamen Rat ebenso abzutun. Für einen Spaß solcher Art jedoch war dieser nicht empfänglich, sondern gab schleunig Auftrag, den Kopf des zu witzigen Meisters denen der Likedeeler auf dem Boden nachrollen zu lassen. Mit ihnen aber war die schlimme Saat nicht ausgerodet worden, der Wellenboden der See trieb ihr Gewucher immer neu herauf, und in den ersten Jahrzehnten des 15. Jahrhunderts flößte der Name Bartholomas Voet nicht minder Entsetzen im ganzen Norden ein, als vordem

Claus Störtebeker und Godeke Michelsson. Seine festgegliederten Raubbanden hüteten sich vor offenem Kampf mit den großen, gewappneten Orlogskoggen der Seestädte, aber sie bargen sich noch überall da und dort in unzugänglichen Schlupfwinkeln und Klippenlöchern, brachen bei Nacht und Nebel mit ihren schnellsegelnden Schniggen daraus hervor. Und nicht nur an manchen Fürsten und Herren besaßen sie einen verschwiegenen Rückhalt, der Verdacht ging um, daß heimlich auch die Urheber der Vitalienbrüderschaft, Wismar und Rostock, ja gelegentlich noch andere hochstehende Hansestädte den Seeräubern zur Erreichung von Sonderzwecken und Vorteilen durch die Finger sähen.

Eine blutige Fülle an Parteikämpfen durchwogte um diese Zeit die Bundeshauptstadt Lübeck, doch kaum minder wilde Geschehnisse folgten sich in dem von jeher leicht zu Aufstand und Gewalttätigkeiten entstammten Stralsund. Mehrfach wurden die Burgemeister gestürzt und nach dem Brauch der Tage von den Siegern sofort auf den Richtplatz gebracht; das Geschlecht der Wulflam ragte am mächtigsten durch Ansehen und Reichtum hervor, eine Mordverschwörung fällte das Haupt desselben, und seine Wittib saß als die ›arme reiche Frau‹ vor den Kirchentüren, Almosen in einer silbernen Schüssel erbettelnd. Am glühendsten aber loderte das Blut der Bürger Stralsunds gegen priesterliche Herrschsucht und Habgier auf. Ihr kirchlicher Oberherr Kurt von Bonow wies geringwertige neue Pfennige als Opfergeld zurück, verließ vor der darüber ausgebrochenen allgemeinen Empörung die Stadt, überfiel diese mit einer großen Schar adliger Genossen und verheerte, da er sie nicht zu erstürmen vermochte, aufs grausamste die ihr angehörigen Dörfer und das Land um die Mauern. Da stand, zu blindester Wut gestachelt, im Innern das Volk auf, drang in die Kirchen und Pfarrhäuser ein, schleppte die drin zurückgebliebenen sechzehn ›Pfaffen‹ heraus auf den Neuen Markt, wo es die drei obersten von ihnen ›zu weißer Asche verbrannte‹. Hussitischer Geist lag schon in der Luft, und der Rachedurst forderte »Aug' um Auge, Zahn um Zahn«. Von Rom her traf aus dem Munde des Bischofs von Schwerin der Bannfluch Stralsund, in seiner Bevölkerung herrschte durch die weltlichen und kirchlichen Gegensätze tiefe Entzweiung; von außen her lauerten Feinde darauf, die Stadt zu überfallen, deren Wehrkraft völliger Zerrüttung entgegen zu gehen schien.

Der König Erich von Dänemark, Norwegen und Schweden aber glaubte die Zeit zur Stillung auch seines von Knabentagen her angesammelten Rachedurstes gekommen und brach mit einem starken Kriegsheere in die Lande seines Vetters, des Grafen von Holstein, ein. Nicht dem galt's im eigentlichen Grunde, sondern dem Hansabund, und dieser fühlte es, rüstete sich, dem Angegriffenen Beistand zu leisten. Auch Stralsund sollte, seiner Hansapflicht gemäß, daran teilnehmen, doch erschienen in ihm seine Landesfürsten, die drei Herzöge Wratislaw, Barnim und Kasimir von Pommern-Wolgast und Stettin, die auf dem Rathaus eine Ansprache an Burgemeister und Rat richteten, mit der Mahnung, »nicht ohne Ursach einen mutwilligen Krieg gegen König Erich, füglich einen mitgehuldigten Herzog von Pommern zu beginnen«. Nachdrücklichen Worts redete der weißköpfige Altburgemeister Nikolaus von der Lippe mit seiner mächtig über die weit vorgeschobene Unterlippe hallenden Stimme wider dies fürstliche Ansinnen, stellte als oberste Aufgabe Stralsunds dar, daß es seine Bundespflicht erfülle, wie's seine eigene Wohlfahrt als Notwendigkeit fordere. Doch die Parteienzerspaltung der Stadt hatte auch den Rat in zwei gegnerische Hälften geteilt, verhinderte das Zustandekommen eines einmütigen Willens. Zwar erhob niemand laute Einsprache gegen die Rede des Burgemeisters, doch ohne Beschlußfassung nahm die Tagung im Ratssaal ihr Ende.

* * *

Einem ungeheuren Seekraken ähnelnd, schwamm der pommerschen Küste bei Stralsund gegenüber, von ihr nur durch einen schmalen Meeresarm abgetrennt, die Insel Rügen, nach allen Richtungen polypenartige Arme ausreckend. Ihr südlicher Teil enthielt Adelsburgen und Ackerbau treibende Dorfschaften, fast alles übrige lag, nur äußerst schwach besiedelt, zumeist unfruchtbar; die öden, von Sandriffen umgürteten Dünenufer waren, als der Schiffahrt gefährlich, verrufen und gemieden; besonders die Halbinsel Jasmund im Norden, deren Küste an mehreren Stellen mit langhingestreckten, schwindelnd hohen Kreidefelswänden zum Seestrand hinunterschoß. Die standen im übelsten Ruf; ihre weißen Abstürze schimmerten im Abendlicht weit, wie in einem geisterhaften Gewande auf die See hinaus und wohlbegründet, denn arge Geister gingen dort von jeher in der einsamen Wildnis um. Wenig Leute nur gab's, die von Sturmbedrängnis hinverschlagen, die unheimliche Welt in der Nähe gesehen, kaum solche, deren Fuß ein Stück in sie eingedrungen, mit Ausnahme der vor Gott und Teufel, Kobolden und Gespenstern nicht zurückschreckenden Seeräuber, denen sich hier zu aller Zeit bei Verfolgungen die sicherste Unterkunft geboten. Als die Königin Margarete einmal im Verein mit der Hansa eine große Wasserjagd auf sie angestellt, hatte sich auch Claus Störtebeker mit einer Anzahl seiner Genossen in den Klüften und Schluchten der ›Stubbenkammer‹, der mächtigsten Kreidewand auf Jasmund, geborgen, deren slavischer Name den gestuften Fels bedeutet. Hierher in ihre Schlupflöcher war ihnen niemand nachgesetzt, und von ihrem Aufenthalt redeten da und dort noch in den weichen Kreidefels eingegrabene Zeichen, die gleichen, die sie zum Hohn auf ihren Kleidern getragen, Rad und Galgen. Im Volk lief noch ein von ihnen im Mund geführter Reimspruch um, durch den sie sich mit nicht minderem Hohn gekennzeichnet hatten, als

›Der Dänen Verheerer,
Der Bremer Verteerer,
Der Holländer Krüz und Belenger,
Der Hamborger Bedrenger‹.

Nun aber mußte an einem Sommerabend doch ein Schiff an der Jasmunder Nordküste Zuflucht suchen, eine schnelllaufende Snigge, die aus dem großen Belt herkommend durch den Strelasund nach Stralsund gewollt, doch von heftig aufgestandenem West ostwärts verschlagen worden. Ein Handelsfahrzeug ohne Vorderkastell war's, mit leichtem Bau seinem Namen ›Schwalbe‹ entsprechend, allein wie solche konnte es gegen den zum Sturm angeschwollenen Wind die Flügel nicht behaupten, und der Schiffer ließ mit kurzem Entschluß den Mann am Ruder gradaus unter die Deckung der Stubbenkammer zuhalten. Seine Mannschaft tat's nicht gern, die übel berufene weiße Hochwand glimmerte ihnen durchs einfallende Zwitterlicht wenig verlockend vor den Augen, und wie die Seeleute aller Zeiten und Länder waren sie böser Geistergeschichten voll. Putte Kock, der ›Putzenmaker‹, der Possenreißer an Bord, meinte: »Herr Jürgen, glöwt Ji, wi brukt unse Knaken noch günt an de Steenkant, sünst kunn ick min gliks hier vör de Dösch laten«. Doch der angesprochene Schiffer erwiderte mit trocken ernsthaftem Ton: »Nee, Putte, dat geit nich, wovun schulln wi denn Hasenpoten to

Nach kaken?« Darüber grinste den andern ein breitmäuliges Lachen um die weißen Gebißreihen, die Zunge ihres Schiffsführers kriegte die des Putzenmakers doch noch unter, oder eigentlich seine ein bißchen vorgeschobene Lippe. Die Anrede an ihn mit vorgesetztem ›Herr‹ hatte, zumal da er erst in der Mitte der Zwanziger stand, Ungewöhnliches, zumeist pflegte die Mannschaft auch mit dem Schiffer in der Sprache auf gleichem Fuß zu verkehren. Doch ließ sich diesem anmerken, er sei nicht von allgemeinem Seemannsschlag; über dem hohen Wuchs und kraftvoll gewölbter Brust saß der Kopf mit einem feineren Gesichtsschnitt, als ihn die See bei der großen Mehrzahl der auf ihr Umtreibenden wahrnahm. Wer einmal den Stralsunder Altburgemeister Nikolaus von der Lippe gesehen, konnte dessen Züge bei dem Schiffer wieder herausfinden, nur jugendlicher, und die starke Unterlippe, die mutmaßlich von einem Vorahn her dem Geschlecht den Namen eingetragen, trat bei dem Sohn nicht so augenfällig vor wie beim Alten. Doch einen kühn-trotzigen Willensausdruck und die großen, blaue Strahlen werfenden Augen an den Seiten der Hakennase hatte Jürgen oder Jörg von der Lippe ohne Abschwächung vom Vater zum Erbteil bekommen.

Augenscheinlich ebenso auch die sichere Entschlossenheit bei der Ausführung eines Vorsatzes, denn vom niedrigen Hinterkastell aus griff er jetzt selbst nach dem Steuerruder, hielt die Snigge grad auf die unheimliche Kreidewand los. Wie aber in Stralsund niemand sich eine offene Widerrede gegen das Wellengedonner der Worte des Burgemeisters getraute, so verhielt auch die Schiffsmannschaft sich schweigend bei dem Tun des Jungen; sie wußte, an seinem Willen war nichts zu biegen, und sein Ansehen hatte er sich durch unschreckbaren Mut, Tüchtigkeit und Klugheit bei allen gleicherweise erzwungen wie der Alte. Die Eigenschaften bewährte er voll auch hier, durchdrang mit der Schärfe von Möwenaugen das Dämmerlicht, fand eine schmale Zugangrinne zum drohenden Felsufer auf; sein Geheiß ließ im richtigen Augenblick die Segel fallen, und sturmgeborgen schmiegte das leichte Fahrzeug sich wie ein die Flügel zusammenklappender Vogel ins Geklipp und Geklüft hinein. Daß er's so fertig bringen würde, hatte eigentlich keiner anders erwartet und nahm seine Leute im Grund gar nicht wunder, denn dafür war er Jörg vun de Lipp, der beste und keckste Schiffer an der Wendlandküste; nur daß sie die Nacht unter dem üblen Geistertreiben um die Stubbenkammer verbringen sollten, überlief ihnen mit einem Gruseln die Haut. Aber es aus dem Mund herauszulassen, verging jedem; ihr junger Schiffsführer hatte zu oft seinen Unglauben an Nachtgespenster ohne Kopf, Leichenlichter, Erdmänner und Meerweiber, Kobolde und Hexen bezeugt, und dem Spottklitschen seiner Zunge wollte sich keiner bloßlegen.

So brachten sie auf einem passenden Vorstrandplatz ein Feuer zum Brennen, sich Nachtkost daran warm zu machen; eine kleine Tonne mit kräftigem, in allen Ländern des Nordens hochgeschätztem Hamburger Bier war noch übrig geblieben, die gab Herr Jürgen zum besten. Es belustigte ihn, bei dem Schmausen in den Gesichtern der Kerle, die der grimmigsten See, dem wildesten Sturmgeheul und Brandungsgekrach lachende Zähne wiesen, die verhohlene Geisterfurcht zu lesen und daneben die Anstrengung, nichts von ihr merken zu lassen; aus ihrem Gerede konnte er herausfühlen, daß sie einen gemeinsamen Trost in sich hegten. Der abnehmende, doch noch ziemlich gutgerundete Mond mußte kommen, der ›fraß die Wolken‹, und dann ließ sich wenigstens mit Augen sehen, was auf unhörbaren Geisterfüßen heranschlich. Der Mond war überhaupt etwas viel Nützlicheres als die Sonne, denn er machte die Nachtfinsternis hell, während sie bei Tag am Himmel stand, wenn kein Licht nötig fiel. So hielten die Blicke sich nach Osten gerichtet, und dort schob sich auch pünktlich die rote Kugel aus der Wasserfläche am Horizont herauf. Daraus goß sich einige Beruhigung aus, die das gute Hamburger Bier weiter unterstützte. Der und jener legten den Kopf auf den weichen Kreidesand zurück und die Augdeckel fielen ihnen zu; der Sturmtag hatte Fäuste und Füße tüchtig im Tauwerk gerüttelt und geschüttelt, und Seeleute waren von jeher begnadet, wenn's nichts zu tun gab, in jedem Augenblick auf der Holzdiele fest wie Hamsterratten einschlafen zu können. Einige hielten noch das Mundwerk im Gang, riefen ab und zu nach den am Deck gebliebenen Wachen hinüber, sich zu vergewissern, daß dort offene Augen seien. Erfreulich kam jedesmal die Antwort zurück, das ließ am Land die noch auseinander gehaltenen Wimpern allmählich auch zublinzeln. Das Feuer losch aus und die Kohlen verglühten; dafür stand der Mond, der in der Tat nach seiner Pflicht die Wolken gefressen hatte, jetzt als Silberscheibe da, strahlte beinahe blendend von der weißen Stubbenkammerwand wieder, und ein vielfältiges Schnarchen überspann heute den sonst tonlosen Strand mit unbekanntem Geräusch. Das setzte an ihm alteingesessene Anwohner in Verwunderung, so daß sie hier und da sich aus dem Wasser am Klippengestein als dunkle Schatten in die Höhe reckten. Wie aufhorchende und umlugende Menschenköpfe nahmen sie sich aus, doch hurtig wieder untertauchend, wo etwas sich Bewegendes zu nahe an ihnen vorbeikam.

Dies war die am Strand entlang wandernde Gestalt Jörgs von der Lippe, der noch keinen Schlaf zwischen den Lidern hatte, sondern einen Trieb in sich, zur Höhe des Steilufers hinanzusteigen, um von dort in der hellen Nacht auf die See niederschauen zu können. Ein absonderes Gelüst war's, das nicht viele mit ihm geteilt hätten, doch ihn überkam's so, die Natur mußte ihm eine Anlage dazu mitgegeben haben. So scheuchte sein Schritt die huschenden Schatten, die keine ruhlosen Geister hier im Gang der Zeiten ertrunken ausgeworfener Seefahrer, vielmehr nur neugierige Seehunde waren, von dem Geklipp ins Wasser zurück, und ihm geriet's keinen Augenblick in den Sinn, sie für etwas Anderes, Übernatürliches zu halten, denn dazu trug er keinerlei Anlage in sich. Mit dem Aufwärtskommen aber wollte es eine ziemliche Strecke weit nicht gelingen, die weiße Wand verblieb dabei, gleichmäßig, fast scheitelrecht abzufallen; dann indes zerspaltete sich die Felsmasse einmal, ein Einschnitt klaffte in sie hinein, und der junge Schiffer besann sich nicht lange, drin aufzuklettern. Recht steil zwar ging's auch hier noch in die Höh', doch für rüstige Kräfte fiel's möglich, bis beinah' plötzlich der leuchtende Nachtglanz um den Aufgestiegenen auslosch, daß er nichts mehr vor sich sah, nur noch halb erkannte, hohe Laubbäume schlugen ihre Schatten über ihm zusammen. Aber von seinem Vorhaben ließ er sich nicht leicht durch ein Hindernis abbringen, sondern setzte den Fuß weiter vorwärts, obwohl er unverkennbar in völlig lichtlos dichten Wald geriet. In einer Hinsicht freilich machte sich's jetzt leichter als vorher, weil der Boden eben geworden; merkbar war er auf die Höhe der Stubbenkammer hinaufgekommen, ob auch nutzlos, denn ein freier Ausblick ließ sich hier nicht erwarten oder wenigstens nicht finden. Da er gleichfalls eine gesunde Mitgift von Vernunft im Kopf herbergte, wollte er von weiterem abstehen und zum Strand zurück umkehren; das erwies sich jedoch als nicht so leicht ausgeführt, wie beabsichtigt: ihm konnte bald nicht viel Zweifel bleiben, er habe auch die Richtung, aus der er hergeraten, nicht wieder gefunden. Hier oben war's nicht still, wie drunten unterm Windfang oder mindestens nicht in der Höhe; ein Sausen durchfuhr die Luft, als jage das Heer des wilden Jägers droben, oder als donnere eine Brandungswelle um die andere durch die Wipfel der mächtigen Bäume; der noch andauernde Weststurm schleuderte sie krachend ineinander. Endlich nach geraumer Zeit glaubte der im Dunkel Umhertastende doch an den Ausgang zurückgekommen zu sein, ein Schimmer fiel ihm entgegen, auf den er zwischen alten Buchenstämmen hindurch zuschritt. Wie er in der Tat so ins Freie hinausgelangte, lag aber völlig anderes vor seinem Blick, als das Erwartete, nur eine kleine, nicht mehr als einige hundert Schritt lange, rundum von Baumriesen umgebene Lichtung, die nur eben unterscheidbar ein schwarzer Wasserspiegel ausfüllte. Diesen zu erhellen, stand der Mond noch nicht hoch genug, erst am westlichen Rand begann er über die Wipfel her einen schmalen Flimmerstrich entlang zu ziehen, das übrige deckte tiefer Schatten. Hier herunter vermochte der Wind nicht zu stoßen, die Fläche des winzigen Waldgewässers dehnte sich reglos und lautlos im Dunkel hin. Nur ein leicht plätschernder Ton scholl von ihr her, drüben mußte sich ein Fisch aufschnellen, und auch ein Ungewisses Geflimmer wie von silbernen Schuppen deutete die Stelle.

Aber da überlief's doch auch Jörg von der Lippe einmal ähnlich den Rücken, wie seinen vor Nachtunholden grauelnden Leuten drunten am Strand. Der Mond verbreitete rasch seine Bahn auf dem kleinen See, und in ihr nahm der jetzt deutlicher wiederum auftauchende Fisch etwas Menschenartiges an. Beim ersten Draufblick zwar hielt der Hinüberschauende es nur für ein Täuschungsbild in seinen Augen, doch schnell konnte kein Zweifel bleiben, es seien weiße Schultern und Arme, die blinkernde Wellenkreise um sich erregten, sich daraus hervorhoben und niedersenkten. Dann auch ein Gesicht wie der offene Kelch einer großen Wasserrose, über die sich ihre Blätter dunkel zusammenzufalten schienen; indes die Helligkeit nahm so zu, daß sie sich als dunkles, ausgebreitet und langfließendes Haar erkennen ließen. Alles umgab wie mit leichtem Schleiergewebe ein Gerinnsel glitzernder Tropfen, als ob Silberfunken die Luft durchsprühten; so hielt sich's in der anwachsenden Glanzgarbe des Gewässers, trieb gleichsam mit dieser näher der Seite zu, wo der junge Beobachter nicht wahrnehmbar im tiefen Schattenfall stand. Körperlich bewegte er sich nicht, aber im Innern durchging ihn eine fremdartige, starke Erregung, halb schreckhaft und halb mit einem reizvoll überfließenden Schauer. Das Gerede des Volksmundes hatte also doch recht, es gab in Wirklichkeit Wesen von äußerer menschlicher Erscheinung, doch nicht menschlicher Natur, die nächtlich an einsamen Orten aus Erdgründen und Wassertiefen heraufkamen, bis zum Morgengrau beim Mond- oder Sternenlicht Luft in sich einzuatmen. Mitternacht mußte ungefähr über dem See liegen, und die aus ihm herauf Gekommene konnte nichts anderes sein als ein Meerweib, dessen Fischschwanz sich unsichtbar unter dem Wellenglimmern barg. Erkennbar war nur, an Gestaltung und Antlitz sei's keine Unholdin, sondern eine noch ganz junge Seejungfer mit mädchenhaft gebildeten Gesichtszügen. Da tat Jörg von der Lippe unwillkürlich etwas, was er gleich nachher bereute. Doch ihn überfiel's mit einem Schreck, sie komme mit der Mondbahn bis dicht vor seine Füße ans Ufer heran, und ihm flog ein Ausruf vom Mund, sie davon abzuhalten, unbedacht, er wußte nicht warum, denn er hätte sie eigentlich gern noch näher und deutlicher gesehen. Bei dem Ton aber schlug ein Rauschen des Wassers auf, unter das, blitzschnell verschwindend, das weiße Gebild niederschoß. Ein glimmerndes Wallen an der Oberfläche zeigte, daß es ein Stück weit eilig unter dieser sich schwimmend fortbewegte; danach tauchte noch ein paarmal nur augenblickkurz ein ungewiß blinkender Schein auf, entfernte sich hurtig weiter und losch, wie in den Grund versinkend, unter schwarzem Schatten am Nordrand des Sees aus. Dorthin suchte der Veranlasser dieses raschen Vorgangs mit einiger Schwierigkeit sich nun auch durch sperrendes Unterholz einen Durchweg, doch, als er an das Wasserende gelangte, lag alles ohne Regung und Laut, und sonderbar war auch sein Mund, der einen Ruf ausstoßen wollte, außer stande, diesen laut hervorzubringen. Nur der Sturm röhrte über seinem Kopf in den Baumwipfeln; ihm kam's vor, als träume er nur davon, daß er umblickend und aufhorchend hier in der nächtigen Einsamkeit stehe. Dann jedoch besann er sich auf die Wirklichkeit; der Mond war inzwischen hoch genug aufgestiegen, auch den Waldgrund mit einem Dämmerschein zu durchsetzen, und kundig, sich nach den Himmelsrichtungen zurecht zu finden, kehrte er ziemlich gradenwegs an die Felskluft, durch die er emporgeklettert, zurück, kam zum Strand hinunter und streckte sich, von der Nachtwanderung schlafsüchtig geworden, neben seinen schnarchenden Schiffsleuten auf den Sand. Beim Aufwachen mußte er sich erst etwas besinnen; die Sonne fiel ihm ins Gesicht, doch er meinte, es sei der Mond, und zwischen seinen aufgeschlagenen Lidern lag ein eigentümlicher Ausdruck, daß einer von der Mannschaft dem bei ihm Stehenden ins Ohr raunte: »Kiek sin Oogen, he hett vun Nach wat sehn.« Im übrigen waren alle jetzt im Tageslicht ihrer Geisterfurcht ledig und warteten auf das Geheiß, die Segel der Snigge wieder loszumachen: der Sturm hatte sich augenscheinlich draußen auf der See soweit gelegt, daß kein Bedenken mehr vom Auslaufen abhalten konnte. Zur allgemeinen Verwunderung aber zeigte der junge Schiffer sich heut' morgen überbehutsam; er stand eine Zeitlang nachdenklich über das ruhige Wasser ausblickend, sagte dann kurz, draußen stehe die See noch hoch mit widrigem Wind, es sei nötig, noch bis zum Mittag zu warten, und nach dieser Äußerung ging er davon, am Strand entlang, anfänglich ab und zu anhaltend, als ob er sich an dem Treiben der Seehunde belustige. Aus den Augen der Nachschauenden gelangt, beschleunigte er indes den Schritt und stieg wieder durch den Felseinschnitt, den das Mondlicht ihm gedeutet, aufwärts. In seinem Kopf lagen zwei Dinge miteinander im Widerstreit, die gesunde Vernunft, mit der er immer über den Glauben seiner Schiffsgenossen an Wasseralben und Meerweiber gespottet hatte, und die Erinnerung an das, was ihm in der Nacht droben vor Augen gestanden. Daran mußte, wenn's im wachen Zustand auch aus seinem Gedächtnis weggeschwunden war, vermutlich während des Schlafs ein Traum noch fortgesponnen haben, denn seiner hielt sich eine unbekannte Gewalt bemächtigt, über die er zum erstenmal im Leben mit vernünftiger Überlegung und Willenskraft nicht aufkommen konnte. Ein wunderliches Gefühl ließ ihn nicht los, in dem Wald über der Stubbenkammer sei gar kein See vorhanden, sondern seine Einbildung habe ihm den nur vorgespiegelt und etwas Weißes hineingesetzt, das er von der mondbeschienenen Kreidewand in seinen Augen mit hinaufgebracht.

Darüber ins klare zu geraten, trieb's ihn nochmals durch die Kluft in die Höh', und jetzt im Morgenlicht fiel's ihm leicht, die Richtung, die er gestern genommen, wieder zu finden. Unerwartet schnell lichteten sich die alten, wohl manchhundertjährigen Buchen, und da lag wirklich das dunkle, ringsum dicht von hohem Laubgürtel umschlossene Wasserbecken vor ihm, bei Tage noch weniger umfangreich erscheinend als in der Unsicherheit des Mondlichts. Den Hinzutretenden rührte es wie mit einer befreienden Empfindung an, daß er sich nicht töricht von einem Gaukelspiel in seinem eigenen Kopfe habe betrügen lassen, und er sah durch die kleinen Lichtungswände umher. Völlig lautlos war's überall, und ganz unbewegt breitete das Gewässer sich wie ein großes, nachtschwarzes Auge aus, nur an den Rändern spiegelten die alten Baumkronen aus der Tiefe zurück. Drüben am Westrand hob die Ufereinfassung sich beträchtlich höher auf, doch wie's erschien, nicht von der Natur so geschaffen, Menschenhände mußten dran tätig gewesen sein. Aber vor langen Zeiten, denn auf einem sich im Halbkreis rundenden, mauerartigen Erdwall standen die Buchenstämme zu gleicher Mächtigkeit emporgewachsen wie an den übrigen Seiten; zerstreut lagen einige große Steinblöcke, halb übermoost und grasumwuchert, da und dort, wie einmal von der Wallhöhe niedergerollt.

Nun jedoch faßte den Umherblickenden ein entgegengesetztes Gefühl an; ungefähr inmitten des Sees nahm er etwas Weißes gewahr, das sich zweifellos als etwa ein halbes Dutzend nahe zusammen gedrängter blühender Wasserrosen ergab. Daraus befiel's ihn mit einem Unmut, denn ihm ging Erkenntnis auf, er habe sich doch selbst einbildnerisch betört. Der Sturm war von oben heruntergefahren, Wellen erregend, von denen die weißen Blumen hin und wider geschaukelt worden, und seine, vom erhitzenden Aufstieg mit Blut überfüllten Augen hatten im Mondlicht aus den auf und nieder bewegten Blüten ein Gesicht, Schultern und Arme erschaffen. Diese einfache Erhellung seines Selbstbetrugs verdroß ihn zwar, ließ ihm indes doch auch ein Lachen vom Mund klingen, auf das aber seltsam ein anderes erwiderte. Stutzend horchte er; jetzt verstummte es, und unwillkürlich rief er laut: »Wer lacht da?« – »Lacht da«, kam eine Antwort zurück. Da ging's ihm auf, daß er sich abermals einer Täuschung nicht erwehrt habe; nur ein Echo seiner eignen Stimme von der Laubwand drüben überm See war's gewesen. Doch trotzdem konnte seine Vernunft nicht Herrin über die Vorstellung werden, der Rückklang sei aus dem Wasser heraufgekommen, von dorther, wo in der Nacht die Gestalt seiner Einbildung zum Grund hinuntergetaucht war. Er begriff sich nicht, die einsame Waldstelle trug verschwiegen Geheimnisvolles in sich, das ihm sein selbstsicheres Wesen fremd verwandelte. Von einer Furcht vor etwas Unsichtbarem durchlaufen, stand er, vermochte am lichten Tag nicht Herrschaft über das Trugspiel seiner Sinne zu behaupten.

Dann suchte Jörg von der Lippe mit einem gewaltsamen Ruck diese Fremdherrschaft abzuwerfen und setzte den Fuß weiter. Doch nicht ostwärts zurück, er sagte sich, wenn er die Richtung nach Norden einschlage, müsse er, die Wand der Stubbenkammer umbiegend, ebenfalls an den Strand hinunter und diesem entlang zu seinem Schiff kommen. Das bewährte sich, eine Strecke weit dauerte der Wald noch an, danach gab kreidiger Steingrund keinen Wurzeln mehr Nahrung, und vor freier Ausschau dehnte sich drunten die See. Nicht steil ging's hier abwärts, sondern mählich, nur hin und wieder einmal sprang eine Felsrippe vor, in die augenscheinlich zur Herstellung eines Pfades von Menschenhand Stufen eingekerbt worden, wohl in schon ferner Vergangenheit, denn sie waren ausgeschürft und vom Regen verwaschen. Damals mußten also menschliche Bewohner hier gehaust haben, nicht nur Alben und Meerweiber; wider seine Verstandeseinsicht blieb der Hinuntersteigende von dieser Vorstellung der letzteren umsponnen. Nun jedoch gewahrte er Unerwartetes; nicht allein in Vorzeiten hatten Menschen hier gelebt, sondern taten's noch. Linkshin zog sich, die offene See von einem Binnenhaff, einem ›Bodden‹ abscheidend, eine lange, ganz schmale Sandnehrung, und an ihrem Beginn hoben sich aus der weiten Öde ein paar niedrige Hütten vom Boden auf; offenbar trachteten dort Fischer aus diesem nie besuchten Erdfleck ihrer Nahrung nach. Beträchtlich weit noch war's zu ihnen hinüber, und der niederfallende Pfad bog jetzt von ihrer Richtung zur Rechten ab an den Strand hinunter, wo schon der nördliche Absturz der Stubbenkammer dicht herzutrat. Da hielt der Schiffer überrascht vor einem unerwarteten Anblick den Fuß an.

Auch hier, in völliger Einsamkeit lag ein Haus, erst ganz in der Nähe zu gewahren, zur See hinaus durch einen Dünenwall gedeckt, an den Seiten von zerklüftetem Felsgestein umfaßt und überragt, wie zu diesem gehörig erscheinend. Mit seiner Farbe hob sich's in nichts davon ab, denn es war aus losgebrochenen, nur roh behauenen Stücken der weißen Kreidewände aufgebaut, nur das Dach von breitübergelegten, dicken, mit Seetang ausgefugten Baumstämmen gebildet und die Zugangstür aus Holzbohlen gezimmert. So lag's absonderlich da, breitgestreckt, keiner Fischerhütte gleichend, wie eine für die Ansammlung von vielen hergerichtete, zum Schutz gegen Unwetter überdeckte Halle; noch verwundersamer aber stellte sich ein Zierat an den Wänden dar. Wo bis zu Manneshöhe aufwärts ein Stück ebener Fläche es möglich gemacht, waren in das weiche Gestein Bildumrisse von Rad und Galgen eingeritzt, neben der Tür einer, der einen Mann in Scharfrichtertracht mit hoch aufgehobenem Schwert wiedergab. Der seltsame Bau schien leblos verlassen zu sein, nur eine große Möwe mit breitklafterndem Flügelschlag zog drüber hin. Doch wie sie beim Anblick des von der Waldhöhe Herabgekommenen einen schrillen Ruf ausstieß, ging die breite Türbohle auf, und ein Weib trat in die Öffnung. Sichtlich eine Wendin, das dunkle Haar fiel ihr, leicht graudurchsprenkelt, lang bis über die Hüften herunter und darunter ein wunderliches Gewand vom Hals zu den

Füßen nieder, denn sein baumrindengrauer Stoff war ebenso wie das Haus mit kleinen Abbildern von Galgen und Rädern besteppt. Sie heftete die schwarzen Augensterne mit einem scharf eindringenden Blick auf den unweit vor ihr Stehenden, betrachtete ihn kurz und fragte dann in der Sprache des niederdeutschen Nordens: »Von wo kommst du hierher?« Auch ein paar schattenhafte Furchen auf ihrer Stirn taten kund, daß sie für eine Frau nicht mehr jung sei, doch in ihrer Stimme lag noch etwas Helltöniges, an den Klang von kleinem Strandgestein erinnernd, wenn die Uferwellen dazwischen hineinspielten.

Verwundert hielt auch der Befragte den Blick in ihr Gesicht gerichtet und antwortete: »Wohnst du in diesem Kreidehaus? Du trägst ein sonderbares Kleid.«

Nun zog sie die Oberlippe zu leichtem Lachausdruck über die weißen Zähne herauf und gab zurück: »Solches Kleid webt der Wind hier. Kennst du's nicht? Da kommst du nicht mit rotem Segeltuch.«

Es regte den Eindruck, daß er ihrer Augenprüfung nicht mißfalle, denn sie setzte hinzu: »Hast du Hunger? Das Haus steht offen. Iß und trink!«

Sich umkehrend, trat sie ins Innere zurück, das ungeteilt nur einen einzigen großen Raum enthielt. Er sah aus, als diene er einer beträchtlichen Anzahl von Männern zum Aufenthalt, doch befand sich niemand drin. Auf Gesimsen standen erzene Becher und Humpen, Schilde und mancherlei Gewaffen hingen an den Wänden, die von Bänken umlaufen waren; ein riesiger Tisch aus Eichenholz mit dicken Kolbenbeinen nahm fast eine der Querseiten ein. Gegenüber lag die gleichfalls aus geschwärztem Kreidegestein aufgerichtete Herdstatt, zwei Lagerstätten erhoben sich kaum fußhoch über dem Boden, doch zeigten sie sich auffällig mit prächtigstem ›Buntwerk‹ aus Nowgorod überdeckt, wie die Pelzschauben der vornehmsten Ratsherren in den großen Hansestädten es nicht kostbarer aufweisen konnten. An mehreren Stellen waren in die Wandungen runde Fensteröffnungen hineingebrochen, durch die Licht in den eigentümlichen Raum des Baues fiel, der wohl kaum irgendwo an der Ostsee seinesgleichen haben mochte; Jörg von der Lippe wußte ihn sich nicht zu deuten. Er saß an dem Tisch, wo die Bewohnerin des weißen Hauses auf einer Erzschüssel einen kalten gebratenen Buttfisch vor ihn hinsetzte und Brot daneben legte; da er in der Tat von Hunger befallen worden war, griff er unwillkürlich zu und aß. Nun holte sie einen Krug, nahm einen gewaltigen Humpen vom Sims, den sie mit goldgelbem Met anfüllte und dazu sagte: »Kannst du den mit einem Zug zwingen?« Das Riesengefäß ansehend, schüttelte er den Kopf: »Das kann ein Mensch nicht.« Sie schlug ein Lachen auf: »Einer war, der hat's gekonnt. Aber du hast nicht von seinem Blut in dir. Was hat dich hergebracht? Sag, wer du bist?«

Sie setzte sich neben ihn, und er gab ihr Auskunft; während er sprach, suchte sein Kopf vergebens umher, was er aus ihr und ihrer Behausung machen solle. Wer hatte die so gebaut, so ausgerüstet und lebte mit ihr drin? Keine Fischerhütte war's und sie kein Fischerweib; in ihrem Behaben und Gesicht lag ganz andres, nicht Benennbares, sie mußte schön gewesen sein, war's noch jetzt. Aber auf Fragen, die er vorbrachte, antwortete sie nicht, sondern lachte. Nur wie er von dem kleinen See droben im Wald redete, erwiderte sie: »Willst du jung bleiben, schwimme drin. Herthas Wasser gibt Jugend und Kraft.« Ihre Art erregte ihm den Eindruck, als ob sie nicht ganz rechten Sinnes sei; das mußte sie ihm aus dem Blick lesen, ihr kam vom Mund: »Du denkst, was war; aber was war, ist gewesen. Im Herbst werden die Früchte reif und die Menschen klug. Das tut die Sonne, die ist stärker als der Mond. Nur über junges Blut hat er mehr Gewalt als sie. Warest du im Mondlicht an Herthas Wasser? In deinen Augen steht's. Der Mond hebt die Wellen aus dem Grund, daß sie schwellen und kreisen. Ich bin nicht mehr töricht, aber du bist noch zu jung und mußt in die Sonne.«

War das Irrsinn oder was? Der Hörer vermochte sich's nicht zu erklären, doch fühlte er, sein Kopf sei heute in einem sonderbaren Zustand, der ihm längeres Verbleiben in dem wunderlichen Raum nicht rätlich mache. Aus den Reden des Weibes kam etwas ihn wie mit einem Schwindel Anfassendes; er stand auf, dankte für die Bewirtung und zog ein Geldstück hervor, um es auf den Tisch zu legen. Doch die Frau sagte mit einer geringschätzig abweisenden Handbewegung: »Behalt's, das hast du nötig, nicht wir.« Den Sinn schien's zu haben, daß Geld hier in der Einöde wertlos sei, da sich nichts dafür kaufen lasse. Aber wie sie hinterdrein sagte: »Wir haben genug an der Ehre, die ein Burgemeistersohn von Stralsund uns angetan«, nahm sein verwirrter Blick zum erstenmal gewahr, die schwere Schüssel, aus der er gegessen, sei von getriebenem Silber. Lachend setzte sie nochmals hinzu: »Vielleicht kommt auch einmal ein König zu uns zu Gast, dem müssen wir auf goldnem Gerät aufwarten.« Zugleich jedoch regte sich etwas unter der offen gebliebenen Türwölbung, die Augen Jörgs von der Lippe gingen unwillkürlich dorthin, und plötzlich stieß er besinnungslos hervor: »Du warst es – du bist's –«

Ein Mädchen trat herein, auf den ersten Blick als die Tochter des Weibes erkennbar. Die Antlitzzüge waren die gleichen, und das gleiche, seltsame Gewand umgab ihren schlanken Wuchs; nur sahen zwei grauperlend helle Augensterne aus dem Gesicht, und sie trug das lange, schwarze Haar zu einem losen Knoten verschlungen über dem weißleuchtenden Nacken. Ihre Hand hielt in einem Rohrgeflecht am Strand gesammelte Möweneier, die bloßen Füße setzten sich schmal, doch zu vollkommener Schönheit ausgebildet unter dem Kleidsaum vor. Höchstens siebzehnjährig mochte sie sein, blickte erstaunt den unerwarteten Fremdling an.

In seinem Gedächtnis war aus den Worten der Mutter undeutlich etwas einmal Vernommenes aufgewacht, ein Name, den er als Kind von einem Schiffer aus Olde Vehr, dem Dorf auf Rügen Stralsund gegenüber, nennen gehört. Das ließ ihn ungewiß jetzt die Frage vom Mund kommen: »Bist du Hertha – und gehört dir der See dort oben im Wald?«

Die Frau sah ihn kurz, wie nach einem Verständnis suchend, an, dann gab sie, wieder lachenden Tons, Antwort: »Ja, Hertha gehört er, meiner Tochter. An seinem Grund steht ihr Schloß, und alles hier ist ihr zu eigen, Wasser und Land. Ich bin ihre Dienerin nur und darf über ihrem Schlaf wachen, wenn die Nacht kommt. Willst du schon fort von uns, Jörg von der Lippe? Setze dich noch wieder, ich sehe, Hertha erlaubt dir's noch zu bleiben.«

Die Sprecherin holte ein kostbares Zobelfell herbei, das sie über eine Bank zum Sitz für ihre Tochter deckte; darauf ließ diese sich nieder, und sinnverworren setzte auch der junge Schiffer sich zurück. Er wußte nicht, was ihm seinen ersten jähen Ausruf entrissen habe; zu unsicher hatte das Mondlicht der Nacht den See übersponnen, um die Gesichtszüge der weißen Erscheinung zwischen den glimmernden Wellen unterscheiden zu lassen. Aber trotzdem erfüllte ihm gleichsam Leib und Seele eine Überzeugung, die dort vor ihm Sitzende sei's gewesen, durchfloß ihn mit einem unbekannten, zugleich schreckhaften und köstlichen Grausen. War's ein Menschengeschöpf oder eine Seejungfer? Ihr Schloß, hatte das Weib geredet, stehe drunten am Wassergrund, und alles umher gehöre ihr zu eigen; so sprach das Volk von der Hertha, die droben auf der Insel bei der Kreidewand hause. Wortlos sitzend, richtete er den Blick unter niedergeschlagenen Lidern auf ihre Füße hinab. Die erschienen als ungewöhnlich schöne Füße eines jungen Mädchens, fast noch wie die eines erst halbwüchsigen Kindes. Doch er traute seinen Sinnen nicht, sie umgaukelten ihm seit gestern Auge und Ohr mit Täuschung. Freilich auf einem Fischschwanz hätte sie nicht durch die Tür hereingehen können, aber wie die Hüter von etwas Geheimnisvollem umschlossen die Wände des weißen Steinhauses den Raum, und seine Luft atmete sich ein, als sei Betäubendes in ihm. Mit einem Ausdruck von Verwunderung hafteten die hellen Augen der Hertha auf dem Gesicht des jungen Gastes, wie wenn sie bis heute noch nichts seiner Art gesehen habe. Doch mehr noch staunte er bei ihrem Anblick; war sie ein Menschenkind, so gab's kein ihr ähnliches, das ihm irgendwo begegnet. Das Gewand mit den abstoßenden Bildzeichen fiel an ihr nieder, als sei's ein Fürstenmantel, und sie saß auf der Holzbank wie auf einem Thron. Oder lag eine Berückung über seinen Augen, die ihm nur ein solches Bild vorspiegelte? Er hatte noch keinen Ton aus ihrem Munde gehört und konnte sich ihre Stimme nicht vorstellen; endlich gelang's ihm, Mut und Sprache zu finden, die Frage von den Lippen zu bringen: »Bist du heut' nacht droben in dem See geschwommen?«

Nun antwortete sie: »Ja. Ich tu's immer, wenn der Mond hoch am Himmel ist.« Die Stimme klang hell gleich ihrem Blick, dem Hörer war's; als schimmere auch aus ihr ein Glanz. Doch ganz einfach hatte sie's erwidert und fügte nach: »Woher weißt du's?«

»Ich sah dich und rief dir zu. Bist du ein Mädchen?«

Bedachtlos und unbewußt flog's ihm hervor, er erschrak, wie er's in seinem Ohr gehört, und widerrief's hastig: »Nein, nur etwas im Wasser sich bewegen sah ich, doch konnt' es nicht erkennen, ich glaubte ein Fisch sei's.«

Seinem Gefühl war auf einmal doch zweifellos aufgegangen, ein Menschenkind sitze vor ihm, ein Mädchen, dem seine Augen Unziemliches angetan, das er unverhohlen kundgegeben. Furcht hatte ihn befallen, sie werde sich beleidigt von ihm abkehren und davongehen, doch ihr Gesicht zeigte nichts von Unwillen, sie blickte ihn an wie zuvor und versetzte: »War's deine Stimme, die ich hörte? Also redest du mit Fischen bei Nacht?«

Dazu lachte sie fröhlich, und ihm ward's, als sei zugleich Mondlicht und Sonnenglanz um ihn. Vom blinkenden Wellenspiegel gewiegt sah er sie, und sie saß da in dem rätselhaften Kleid; nicht Begreifbares umwob sie mit einem Schleier, doch ein junges Menschenbild, wie er noch keines gesehen. Nicht an dem Maß anderer Mädchen in Städten und Dörfern war sie zu messen, denn ihr Gleichendes gab's nicht zum andernmal; wie ein lebendiges Abbild des weißen Kreidefelsens mit dem dunklen Waldkranz auf seinem Scheitel erschien sie, aus ihm zum Licht unter Sonne und Mond heraufgekommen. Auch der junge Schiffer mußte jetzt lachen, über sich selbst, daß er zur Nacht mit einem Fisch gesprochen haben sollte. Ihm war's nicht mehr unheimlich in dem Kreidehaus mit der seltsamen Ausstellung von Waffen und Schilden, kostbarem Pelzwerk und silbernem Gerät; für sein Empfinden gebührte das alles der Hertha, deren Dienerin sich ihre Mutter benannt, und er sann nicht darüber nach, wie es in diese Strandöde hergeraten sei. In seinem Kopf war für kein Denken Platz, er sah und hörte nur die hellen Augen und die helle Stimme vor sich. Denn sie redeten jetzt weiter miteinander; die Frau ging an den Herd, Mittagskost zuzurüsten, und die beiden blieben, hin und her sprechend, scherzend und lachend, als wären sie sich altbekannt, an dem großen Eichentisch sitzen. Der mußte mancherlei befahren und gesehen haben; runde Kringe hatten sich vielfach in seine Platte eingedrückt, wie vom Niederstoßen schwerer Erzhumpen, und quer drüberhin lief ein Schnitt, als ob einmal ein Schwerthieb auf ihn heruntergefahren sei.

Als Jörg von der Lippe unter dem Steilhang der Stubbenkammer weiter am Strand entlang schritt, war die Sonne aus ihrer Himmelshöhe schon wieder ein Stück abwärts gestiegen, und ihm lag's um die Sinne, er habe die Tageshälfte in einem Traum verbracht, aus dem er noch nicht zum Wachwerden gekommen. An den Ankerplatz seiner Snigge zurückgelangt, sprach er kaum, gab nur kurz Befehl zur Abfahrt; Putte Kock, der Putzenmaker, zerrte mit einer Grimasse seine Mütze vom struppigen Kopf und blies mit aufgepumpten Backen hinein. »Wat hest to pusten?« fragte einer, und er antwortete: »Güstern to veel, hüt to münner; ick versök, dat wi'ne Mütz vull Wind kriegt.« Doch Herr Jörgen schürzte die Lippe nicht zu einer Abfertigung der anzüglichen Rede, ließ sie ganz unbeachtet, schaute nur mit abwesendem Blick vor sich hin. So seinem Wesen zuwider, daß die Mannschaftsleute sich ins Ohr tuschelten: »De löppt nich wedder an de Kriedkant an, de hett wat sehn.« Im übrigen verhielt sich's draußen mit der Windlosigkeit nicht allzu schlimm, aus der Stille unter der Stubbenkammerwand herausgebracht, blähte die ›Schwalbe‹ ihre Linnenflügel doch genügend auf, um, südwärts davonziehend, nach ein paar Stunden die menschenlos öde, vielzerrissene und zerklüftete Halbinsel Mönchgut zu umkreisen. Der Sommertag erhielt lange seine Helligkeit, geleitete die Snigge durch den Greifswalder Bodden bis in den schmalen, den Südrand Rügens vom Festlande abtrennenden Strelasund, und als sie an der kleinen Insel Strela vorüberlief, hoben sich unweit hinter dieser in erst beginnendem Dämmerlicht noch deutlich unterscheidbar die hohen gotischen Türme der Jakobi- und Nikolaikirche jenseits der mächtigen Umwallungsmauer Stralsunds in die Luft; die gewaltige Marienkirche, die vordem alles überragt gehabt, befand sich, gegen den Ausgang des letzten Jahrhunderts mit ihrem Hauptteil zusammengestürzt, noch erst im Wiederaufbau. Überaus festgesichert lag die Stadt, ringsum vom Wasser des Sundes und drei kleiner Landseen oder großer Teiche umschlossen, auf einer Insel, nur über drei schmale Dämme durch starke Tore vom Land her Zugänge verstattend. Das Schiff legte neben dem außerhalb der Mauer belegenen Kloster und Siechenhaus ›Sankt Jürgen am Strand‹ an und der heimgekehrte Schiffer erhielt, dem Wächter aus Knabenzeit her bekannt, durch das bereits nächtlich mit aufgezogener Zugbrücke wohl verwahrte, schon manches Jahrhundert alte ›Knieper Tor‹ Einlaß. Eine Straße mit hochgiebelten Häusern durchschreitend, trat er bald auf den ›Alten Markt‹ hinaus, über den sich als dunkle Schattenmasse die Nikolaikirche emporhob, daneben breit hingelagert das vielbetürmte Rathaus. Dem gegenüber ragte ein besonders stolzer Giebelbau auf, ehemals der Wohnsitz des Burgemeisters und Flottenhauptmanns Wulf Wulflam, der »der reichste Mann an der ganzen Ostsee« gewesen, vor der Königin Margarete selbst wie ein Fürst gestanden hatte, und als er seine Braut zum Altar in der Nikolaikirche geführt, mit ihr über den Alten Markt ganz auf kostbarstem, lündischem Tuch dorthin geschritten war; nun aber lag sein Haus lange verwaist, da er während der blutigen Wirrsale im Innern der Stadt vertrieben worden und in der Fremde gestorben. Nah' vor der Tür war bald danach der Kopf seines Hauptgegners, des Burgemeisters Karsten Sarnow auf dem Marktplatz unterm Richtschwert gefallen. Heute jedoch lag alles still und friedlich im einfallenden Nachtdunkel, die Angehörigen der ›Geschlechter‹ saßen bei den Weinkannen in der Trinkstube des Rats, die Zünfte beim Hamburger Bier in den Gildestuben versammelt, und unter einem alten, den Markt begrenzenden, pfeilergetragenen Laubengang mit gotischem Gewölbe hindurch trat der junge Führer der Snigge in einen weitgeräumigen Hausflur und, die breite Treppe aus schwedischen Granitsteinen hinansteigend, in ein großes, von Pechpfannen erhelltes Gemach. Dort auf einem Tisch brannten zwei dicke Wachskerzen, davor saß, ein Schriftstück überlesend, ein Mann von machtvollem Wuchs mit vollem, fast weiß den Kopf bedeckendem Haar. Das war der jetzige Altburgemeister Stralsunds, Herr Nikolaus von der Lippe; von dem Pergamentblatt weg richtete er seine scharf eindringenden Augen auf den Ankömmling, erhob sich und sagte, diesem die wuchtige rechte Hand hinstreckend: »Bist du zurück? Steht's zurecht auf der Schusterbrücke in Bergen?«

So hieß das wichtige Hansakontor droben in der norwegischen Stadt, deren deutsche Kaufleute und Gewerbtreibende unter dem Sammelnamen ›Schuster‹ zusammengefaßt wurden. Es zeugte von starkem Vertrauen in die Tüchtigkeit und Einsichtigkeit des jungen Mannes, daß er nach Bergen geschickt worden war, die dortigen, vielfach unliebsam zerfahrenen und verwilderten Zustände zu begutachten und Bericht davon abzulegen. Das tat er jetzt und offenbar mit klugem Einblick zur Befriedigung des Hörers. Doch seltsam stach sein Verhalten von dem ab, das er auf dem Schiff gegen die Mannschaft gezeigt. Nichts Kühnes und Selbstbewußtes lag darin, geschweige denn Trotziges; unsicher, beinahe scheu stand er, die Augenlider halb niedersenkend. Man sah, hier fühlte er sich nicht als den Herrn, nur als der Junge vor dem Alten, war der Sohn des Hauses noch wie in Knabenzeit ohne eigenen Willen; ihn schreckte kein Sturm und keine Gefahr, aber vor dem auf ihm haftenden Blick des Vaters strich er die Segel seines Muts und seiner Zuversicht. So brachte er den Bericht zu Ende, und Herr Nikolaus nickte: »Gut, ich bin mit dir zufrieden. Du hast die Augen offen gehabt. Das Salzwasser macht Hunger und Durst; setz' dich an den Tisch.« Weiter, nach der langen Fahrt, ob sie an den nordischen Schären oder sonst in den dänischen Wassern bedrohlich gewesen sei, fragte er nicht; selbstverständlich war's, daß sein Sohn über jeden Widerstand Herr geworden. Dann saßen sie zusammen beim Nachtmahl, daran auch Adelheid und Landhill, die Hausfrau und Tochter, mit teilnahmen, und aus gefülltem Pokal dem Heimgekehrten den Willkomm zutrinkend, sprach Nikolaus von der Lippe danach: »Richlint Wulflam wird morgen warten, daß du ihr von deiner Bergenfahrt erzählst.« Eine Nachkommin des großen Geschlechts war's, und schon seit einiger Zeit war in der Stadt Rede gegangen, um langjährigen Zwist zur Ruh' zu bringen, trage der Burgemeister eine Verbindung zwischen ihrer Sippe und der seinigen im Sinn. Das fiel dem Angesprochenen nicht ein und gleichgültig, mit halbem Lachen gab er Antwort: »Da wird Richlint Wulflam umsonst warten, denn ich weiß zu tun, was mir lieber ist.« Doch sein Vater versetzte drauf: »Ich denke, dem Werber kann nichts lieber sein, als Rede mit der Jungfrau zu pflegen, die er sich zur Braut küren will.« Nun nahm Jörg gewahr, daß die buschigen Brauen des Alten sich etwas auf die Augenhöhlen herabzogen; ablenkend erwiderte er: »Meßt Ihr mir solcherlei Vorhaben zu? Dafür halt' ich mich zu jung noch und gedenke Eurem Vorbild nachzufolgen, erst reifer an Einsicht Euch eine Schwätzerin ins Haus zu führen.« – »Dessen bedarfst du nicht, da meine reife Einsicht dir beihilft. Mit der habe ich die Wahl für dich getroffen; Richlint Wulflam bringt deiner Zukunft das Ansehn ihres Geschlechts zu und reichere Brautgift, als eine zweite Tochter unserer Stadt.« Bedachtlos flog dem Jüngeren heraus: »Um Geld brauch' ich nicht zu freien, dessen hab' ich selbst genug.« Jetzt aber schob Herr Nikolaus die breite Unterlippe vor und entgegnete scharftönig: »Du hast Geld, weil dein Vater es seinem Sohne gibt. Wäre meine Lade dir zugeschlossen, hättest du keines.« Ein schreckhafter Ausdruck befiel die Gesichter der Mutter und Schwester Jörgs, ängstlich sahen ihre Augen auf ihn hin, denn er stand vom Sitz auf, und über seiner Stirn schien mit einer roten Flamme als sein väterliches Erbteil auch der Willenstrotz emporzuschlagen. Doch vor dem stählernen Blick des Alten verstummte der Junge, die Antwort, die sich ihm aufgedrängt, stockte auf seiner Zunge, und er entgegnete nur: »Ich habe in letzter Zeit nicht Schlaf gefunden und bin müde; verargt mir nicht, Herr Vater, daß ich Euch für heute schon verlasse und in meine Kammer gehe.« Das Blut derer von der Lippe kennzeichnete sich in seinem Gesicht, aber aus seiner Stimme wagte es sich nicht hervor.

In das Haus Richlint Wulflams jedoch ging Jörg von der Lippe am andern Tag nicht, dagegen suchte er eines auf, das an der Papengasse in einem Hinterwinkel der Jakobikirche belegen war und stieg darin, zuletzt mehr auf einer Leiter als einer Treppe, hoch bis zum vierten Stockwerk hinan. In enger, dürftiger Giebelkammer hauste hier ein Mann mit langem, aschengrauem Haupthaar, der von der Mehrzahl der Bevölkerung Stralsunds gemieden wurde. Ein gelehrter Magister war's, des Namens Bertram Wigbold, er stand im Ruf, der Geisterkunde und schwarzer Künste mächtig zu sein; hauptsächlich aber flößte er Scheu ein als ein noch lebender Bruder Cord Wigbolds. Der war an der neuen Hochschule der Nachbarstadt Rostock gleichfalls Magister der Weltweisheit gewesen, doch hatte eines Tags sein Lehrkatheder mit dem Schiffskastell vertauscht, um als Genosse Claus Störtebekers und Godeke Michels einer der wildverwegensten und am meisten gefürchteten Likedeeler zu werden, bis schließlich der Meister Rosenfeld auch ihm auf dem Grasbrook in Hamburg den Kopf vom Rumpf abgeschlagen und seine Gliedmaßen aufs Rad geflochten. Das besonders umgab Wigbold mit Unheimlichkeit, doch nicht für den Burgemeistersohn, der sich vor nichts auf der Welt fürchtete als vor seinem Vater. Außerdem kannte er den Magister seit langem her, denn *er* hatte als Knabe Unterricht in der lateinischen Sprache von ihm bekommen; so setzte den Alten der Besuch heute nicht in Verwunderung. Nur kam's ihm bald zum Gefühl, daß seinen ehemaligen Schüler eine Absicht hergebracht habe, mit der er unschlüssig zurückhalte, nicht recht wisse, wie er sie ausführen solle. Dann indes sagte Jörg von der Lippe, wie er gestern an den hohen Kreidefelsen von Rügen vorübergesegelt, sei ihm dunkel in der Erinnerung aufgewacht, daß der Magister einmal davon gesprochen, der römische Geschichtschreiber Tacitus rede in einer seiner erhalten gebliebenen Schriften von der Insel; da habe ihn danach verlangt, zu erfahren, was dies sein möge. Den Wunsch konnte Wigbold ihm befriedigen, denn er hatte als kostbaren Schatz eine Abschrift der ›Germania‹ des Tacitus in seinem Besitz, aus der er jene Kunde geschöpft, und legte die hervorgesuchte mit der aufgeschlagenen Stelle vor Jörg von der Lippe hin. So weit aber reichte dessen Kenntnis der alten Sprache doch nicht, er mußte nach einem fruchtlosen Versuch den Magister um eine Verdeutschung bitten, und dieser übertrug ihm den kleinen Abschnitt:

»Sonst ist nichts bei diesen Völkerstämmen anzumerken, als daß sie gemeinsam die Göttin Nerthus, das heißt die Mutter der Erde verehren, die nach ihrer Aussage hier erscheint. Auf einer Insel des Ozeans ist ein heiliger Wald und in ihm, mit einem Gewand bedeckt, ein geweihter Wagen, den nur der Priester berühren darf; er erkennt die Anwesenheit der Göttin in ihrem Heiligtum und begleitet in tiefer Andacht ihren von weiblichen Rindern gezogenen Wagen. Dann sind frohe Tage und Feste an den Stätten, die sie ihres Kommens und Aufenthalts würdigt; keine Kriege finden statt und keine Waffen werden ergriffen, alles Eisen liegt verschlossen; dann allein ist Frieden und Ruhe bekannt und nur dann geliebt, bis derselbe Priester die ihres Umgangs mit den Sterblichen satt gewordene Göttin in ihren Tempel zurückführt. Alsbald werden dann der Wagen, das Gewand und – wenn man dem Glauben schenken darf – die Gottheit selbst in einem geheimen See gebadet; Sklaven sind dabei behilflich, die gleich danach dieser See verschlingt. Deshalb umgibt ein verschwiegener Schauer und heilige Unkundigkeit jenes Wesen, das nur solche, die dem Tode anheimzufallen bestimmt sind, erblicken.«

Bertram Wigbold fügte dem Vorlesen nach: »Es steht wohl in Zweifel, ob damit wirklich die Insel Rügen gemeint ist. Doch habe ich vernommen, daß von Leuten, die dort am Nordrande leben, ein Waldgewässer heutigentags der See der Hertha benannt werden soll.« Unbewußt flog Jörg hervor: »Ja, Hertha – und Geheimnisvolles liegt um ihren See – aber sie ist eine Jungfrau von Menschenart, nicht die Göttin, von der Tacitus berichtet.« Forschend hielt der Magister seine klugen, mit grünlichem Schimmer flimmernden Augensterne auf den Sprecher gerichtet, bevor er entgegnend sagte: »So waret Ihr am Lande bei dem Kreidefelsen der Stubbenkammer und habt selbst das mit Augen gesehn, wovon Ihr redet.« Nun erst geriet dem jungen Mann zum Bewußtwerden, daß ihm diese Kundgabe vom Mund gekommen sei; er zauderte kurz, doch stand dann auf und sprach: »Ihr habt mir die lateinische Schrift übersetzt, weil mein Verständnis dafür nicht ausreichte. Aber es mangelt mir noch für anderes, vielleicht finde ich auch zu dessen Aufhellung an Euch einen Beirat. Gelobt mir mit Eurer Hand, Ihr wollet vor jedem Ohr verschwiegen halten, was ich Euch kundtue.«

Der Magister gewährleistete die Anforderung mit seiner Hand, und Jörg von der Lippe berichtete ihm ausführlich von dem rätselhaft Unbegriffenen, das er auf Jasmund angetroffen. Wortlos gab der Zuhörende auf die Erzählung acht, erwiderte nach ihrer Beendigung: »Was Ihr zu wissen begehrt, kann ich Euch sogleich zur Stelle nicht sagen, doch Ihr seid mit Eurem Wunsch zu mir nicht fehlgegangen. Mein Gedächtnis bedarf der Unterstützung, die ich in einigen Schriftstücken nachsuchen will. Wollet Ihr, der Sohn des Burgemeisters dem noch am Leben verbliebenen Bruder des ehemaligen Seeräubers die Ehre antun, heute gegen den Abend wieder hier vorzukehren, so hoffe ich, Euch wenigstens in einigem die Auskunft, nach der Ihr Verlangen tragt, geben zu können.«

Als die Abenddämmerung herankam, trat Jörg von der Lippe zum andernmal an diesem Tag aus der Behausung des Magisters hervor; sein Gesicht überzog eine stark rote, von innerer Erregung zeugende Färbung, ein Ausdruck selbständigen, entschlossenen Willens füllte ihm die Augen. Er begab sich nicht zum Alten Markt in sein Vaterhaus zurück, sondern vors Tor an die lange Ladebrücke der Stadt hinaus, rüstete dort eine kleine, ihm gehörige einmastige Schute für eine Fahrt zu. Mit der segelte er ein Stück weit nordwärts am Hafenrand entlang, landete an und nahm eine hier wartende Gestalt auf. Rasch stieß das Fahrzeug wieder vom Ufer ab, lief bei günstigem Wind hurtig dem ›Gellen‹, der nördlichen Fortsetzung des Strelasundes, zu; über Rügen her stieg der Mond in die Höhe und machte dem am Steuer sitzenden jungen Schiffer gegenüber die Züge des Magisters Bertram Wigbold erkennbar. Unter der langen Insel Hiddensö hin durchzog die Schute den Gellen in die offene Ostsee hinaus, umbog im anbrechenden Morgenlicht das öde, nur von zahllosen Uferschwalben überschwärmte Vorgebirge Arkona an der Nordspitze Rügens, von der wendischen Urbevölkerung so als ›am Ende der Welt‹ benannt; ragend sahen von dem steilen Hang die Trümmer des zerstörten Tempels herüber, in dem die Slaven vordem das ungeheure Standbild ihres obersten Gottes Swantewir verehrt hatten. Nun legte Jörg von der Lippe das Ruder herum, und das vollgebauschte Segel fing durch die breite Bucht der ›Tromper Wiek‹ südwärts der im Frühsonnenstrahl weiß aufschimmernden Kreidefelsenküste von Jasmund entgegen.

* * *

Neues sah die nordische Welt und doch Altbekanntes, als ob die Toten aus ihren Gräbern aufgestanden seien, erschienen die Tage der Großväter bei den Enkeln und ihren Söhnen wiedergekehrt. Einst hatte der Dänenkönig Waldemar Atterdag sich dort zur höchsten Macht aufgeschwungen, die Herrschaft rings um die Ostsee behauptet, bis siebenundsiebzig Städte der dudeschen Hanse sich verbunden, ihm Absage getan und ihn nach langen, blutigen Kämpfen aus seiner stolzen Höhe zu Boden geworfen. Jetzt saß auf dem Thron der vereinigten skandinavischen Reiche sein Urenkel Erich von Pommern, gegen ihn lag die

Hanse unter der Führung ihrer Oberhäupter Lübeck, Hamburg, Stralsund, Rostock und Wismar im Krieg, und ähnliche Ereignisse wie ehemals, Glückswechsel, Fehlschläge und Mißgeschicke, erneuten sich. Um die Lande Schleswig und Holstein, in die der König eingebrochen, schien sich's zu handeln, doch die Städte erkannten, auf sie sei's abgesehen, und leisteten den Angegriffenen Beistand. Eine mächtig von ihnen ausgerüstete Flotte verbreitete wilden Schrecken in allen deutschen Gewässern bis zum Kattegatt hinauf, viel Unbegreifbares aber folgte danach. Bei einem nächtigen Ansturm gegen die Mauern der Stadt Flensburg verlor der junge, schon weit als Kriegsheld berufene holsteinische Graf Heinrich sein Leben; die Schuld daran trug Trunkenheit des Hamburger Flottenführers Johannes Kletze, der nach diesem Unheil mit seinen Schiffen heimsegelte. Doch in Hamburg empfing ihn die wild aufgebrachte Stadt, wie Lübeck einst seinen Flottenhauptmann Johann Wittenborg, als er bei Helsingör der List König Waldemars und seiner schönen Tochter Ingeborg unterlegen war. Tausendfältig tobte die Volkswut, ein Verräter gleich jenem sei er gewesen, und, wie einst der Kopf Johann Wittenborgs fiel der Johannes Kletzes unter dem Henkerschwert. Auch in Wismar traf gleiches Geschick den Burgemeister Johann Bankskow, der des Anteils an dem Verrat beschuldigt ward; die Burgemeister von Rostock retteten ihr Leben nur durch schleunige Flucht. Und Schlimmeres noch, dazu fast Rätselhaftes, begab sich nicht lange nachher. Eine neue Hansemacht, aus gewaltigen, mit vielen Feuergeschützen besetzten Orlogschiffen bestehend, lief unter dem ›gemeinen Hauptmann‹ Tiedemann Steen, einem Burgemeister Lübecks, in den Sund aus, um einer von Hispanien her heimkehrenden, reichbeladenen Handelsflotte sicheres Geleit zu geben. Doch der Ortsverhältnisse unkundig, wurden die Hamburger Schiffe unter ihrem Führer Heinrich Höper von schwächeren dänischen in seichtes Wasser verlockt, dort überwältigt, vernichtet oder erobert, während Tiedemann Steen schwedische Gegner siegreich in die Flucht trieb. Trotzdem verließ er danach unerklärlicherweise den Sund, kehrte zur Trave zurück, und die vertrauensvoll ansegelnde Handelsflotte fiel beinahe gänzlich in die Hände der Feinde. Weil er Sieger in der Seeschlacht geblieben, entging er in Lübeck dem Richtschwert, ward nur zu lebenslanger Haft in einen Turm gesetzt; über die reiche Beute frohlockend aber weidete sich König Erich am Schimpf, der Ohnmacht und dem Niedergang der Hanse. Sie mußte dafür büßen, daß sie die Vereinigung der drei Reiche in einer

Hand zugelassen; doch der innerste Grund des schweren Übels entstammte daher, daß ihre eigene Kraft nicht in einer Hand vereinigt lag. Viele Städte und viele Köpfe führten die Leitung der ›gemeinen‹ Sache; Mißgunst und Zwiespalt, Eigenwille und Unbotmäßigkeit schwächten und lähmten ihren Erfolg.

In Stralsund hatte Herr Nikolaus von der Lippe mit seiner Herrschaft über die Gemüter die Vermahnung der pommerschen Landesfürsten niedergerungen und die Beteiligung der Stadt an dem Hansakrieg gegen den König durchgesetzt. Doch wenn er allein in seinem Gemach saß, brannte zuweilen ein düsterer Glanz zwischen seinen Augenlidern; das Mißgeschick der hansischen Flotten fraß in seinem Innern, und mehr als genugsam war ihm bekannt, daß heimlich im Rat und unter den Bürgern gar manche auf einen Anlaß lauerten, ihn zu Fall zu bringen. Dann aber wußte er, fiel auch sein Kopf auf dem Alten Markt gleich dem seines Vorgängers Karsten Sarnow und wie die Johannes Kletzes in Hamburg, Johann Bankskows in Wismar. Dem sah er für sich zwar unschreckbar furchtlos entgegen, aber mit ihm brach sein Haus in Nichtigkeit und Elend zusammen, Weib und Tochter, vor allem sein Sohn, für dessen Zukunft als dereinstigen Burgemeister von Stralsund er schuf und baute. Noch zwar hielt er den Jungen unter unbeugsamer Hand; das Ehebündnis mit Richlint Wulflam konnte er ihm gegen seine Weigerung nicht aufzwingen, doch Jörg wußte, der Alte werde niemals bewilligen, daß er sich nach eignem Gefallen eine Frau wähle, die sein Vater des Geschlechtes von der Lippe nicht würdig achte. Einmal hatte er tastend daran zu rühren gewagt, aber Herr Nikolaus darauf erwidert: »Bring' mir den König Erich mit gebundenen Armen vor mich hierher, dann magst du mir eine Schwätzerin ins Haus führen, die du willst.« Daß sein Sohn derartiges im Sinn tragen könne, hielt er merklich überhaupt nicht für denkbar, so wenig als die Erfüllung jener Vorbedingung, mit der er nur der Unbezwinglichkeit *seines* Willens stärksten Ausdruck gegeben. Das ließ Jörg seinen Versuch nicht zum andernmal wiederholen; selten auch nur war er zu Haus anwesend, führte mit seiner hurtigen Snigge ihm aufgetragene Handelsfahrten nach Danzig und bis Reval hinauf aus. Doch wenn er auf dem Hin- und Herweg zum Geschäftsbetrieb Greifswald anlief, verschwand er dort stets im Abenddunkel und schoß allein in einem Segelboot pfeilschnell nordwärts, durch den Greifswalder Bodden der Rügenschen Halbinsel

Mönchgut und weiter den weißen Kreidefelsen von Jasmund entgegen, um erst in der folgenden Nacht zu seinem Schiff zurückzukehren.

* * *

Nicht gar weit von Stralsund gegen Nordwest über die Ostsee erhob sich am Guldborgsund, der schmalen Meerenge zwischen den dänischen Inseln Falster und Laaland, auf der ersteren eine der stolzesten und festesten Schloßburgen ganz Dänemarks, das Städtchen Nykjöbing überragend, ›Nykjöbingschloß‹, schon im zwölften Jahrhundert erbaut. Hier hatten von je die Könige, auch Waldemar Atterdag, mit Vorliebe zu Sommerzeiten Hoflager gehalten, und so tat's jetzt Erich, der Beherrscher der drei skandinavischen Reiche. Unbezwinglich trotzte das Schloß sicher jedem Angriff, doch wenige Schlachtschiffe genügten außerdem, die Zugänge des engen Sundes aller feindlichen Annäherung zu sperren; Orlogskoggen benannte die Zeit sie nach dem niederländischen Wort ›Oorlog‹, indes hatte auch schon das angelsächsische ›orlege‹ ebenso ›Krieg‹ bedeutet. Sehr klein zusammengerückt aber war hier die Schaubühne, aus der seit Jahrhunderten unablässig die wellengeschaukelten Kämpfer von hüben und drüben gegeneinander auftraten; bei heller Luft reichte der Blick von der Südspitze Falsters bis an die Küste von Rostock und Wismar hinüber.

Laut und lärmend ging's nun an einem Hochsommerabend beim noch späten Tageslicht in einer der großen Hallen von Nykjöbingschloß zu. Dort saß König Erich an langem Tisch mit seinen Hof- und Hauptmännern beim Bankett; Wein, Met und Hamburger Bier, an dem die gut kaufmännisch rechnende Hansestadt auch den schlimmsten Gegner nicht darben ließ, troff über die Münder der großen klirrenden Erzhumpen; seit geraumer Zeit schon hatte die schöne Königin Philippa, des englischen Königs Heinrich des Vierten Tochter und Erichs noch jugendliches Gemahl, das wildwerdende Gelage mit den mählich in der Trunkenheit scheulos und zuchtlos herausfahrenden Zungen verlassen. Auf erhöhtem Armsitz thronte der König, von purpurnem Mantel umkleidet, mit einem steinfunkelnden Goldreif am Stirnrand des dunklen Haares; vor den Blicken anderer stellte er sich stets in den Abzeichen seiner Macht und Hoheit zur Schau. Nicht mehr der Knabe von der kärglichen Väterburg bei Rügenwalde war's, ein hoch und breitbrustig gewachsener Mann; nach nordischem Brauch umgab ein voller Bart, doch kurz an den Seiten, nur unter dem Kinn sich verlängernd, sein Gesicht. Aus dem sprühten nach Genuß und Befriedigung der Sinne begierige Augen, trugen etwas von flackernd nach einem Nährstoff umzüngelnden Flammen in sich. Sie hatten auch so zwischen den Lidern Waldemars lodern gekonnt, im Rachdurst, beim Trunk, vor allem, wenn ein schönes Weib fremd zum erstenmal vor seinen Blick geraten; doch er war Herr über sich gewesen, wo wichtigeres in Rechnung stand, die aus seinem Innern hervorspringenden Funken zurückzubändigen. Das vermochte sein Urenkel nicht, unverhohlen und unköniglich offenbarte er sein Gelüst, überließ sich ihm beherrschungslos; seiner jungen, schönen Gemahlin indes war kein heißer Blick seiner Augen nachgefolgt, als sie aus der Halle davongegangen; er liebte blondes Gelock nicht, und sie teilte schon seit zwei Jahren den Thron mit ihm. Doch befand er sich heute in bester Laune, eine große Anzahl gleichlautender Briefe war ihm aus Deutschland her zugegangen, Absageschreiben der ›oberheidischen‹ Hansestädte im Binnenland zwischen Elbe und Rhein, und ein herbeigebrachtes Pergamentblatt aufrollend, las er die Schrift drauf lautstimmig vor. Die richteten ›Burgemeister, Rat und gemeine Bürger‹ der Städte an den ›hochgeborenen Fürsten, Herrn Erich, der Reiche Dänemark, Schweden und Norwegen, der Wenden und Goten König und Herzog von Pommern‹, und in den Fehdebriefen erklärten sämtliche sich als Feinde seiner Reiche und aller Untersassen um ihrer Freunde, der sechs führenden Städte willen, daß auch sie als Glieder der deutschen Hanse ihn mit Krieg überziehen würden und ›sich ihrer Ehren verwahrten‹. Ungezählte Schriftstücke waren's von Bundesangehörigen, die nicht an der See belegen, keine Schiffe besaßen, mit ihnen an dem Kampf teilzunehmen, doch Geldbeiträge zu diesem leisten wollten, damit sie nicht ›schwerlich beschädigt würden‹; die Absage erinnerte fast genau an diejenige, welche vor drei Geschlechtern Waldemar Atterdag von den siebenundsiebzig Hansestädten behändigt worden war. Dessen gedachte auch König Erich, der mit einem Ton höchster Belustigung die Kundgabe verlesen, und spöttisch lachend fügte er für die Zuhörer um den Tisch hinterdrein: »Wisset ihr noch, was mein Ahnvater den Pfefferkrämern zur Antwort gab? Er ließ ihnen erwidern:

»Söben und söbentig Hensen
Hefft söben und söbentig Gensen,

Wenn mi de Gensen blot nich biten,
Na de Hensen frag' ich nich en schiten.«

Ein wieherndes Gelächter scholl aus allen Kehlen der mehr oder minder Trunkenen zurück, in das der König auf plattdeutsch – denn der dänischen Sprache war er nie ausreichend mächtig geworden – hineinrief:

»De söben un söbentig Gensen makt wedder Gesnater,
Denn duckt wi se mal wedder in't Water.«

Unter laut hallendem Beifallsgejauchz stand er auf, wandte den Blick zweien Mitgliedern der Runde zu, die erst seit dem Morgen im Schloß zu Gast waren, und sprach sie an: »Junker Henning und Junker Hanns, ihr wollet mir als guten Schlaftrunk eine lustige Ausricht machen; begleitet mich noch in mein Gemach dazu.« Die Angeredeten erhoben sich gleichfalls, dem Herrn zu folgen; er brach heute früher als sonst vom Bankett auf, etwas Bedeutsames mußte ihm im Sinn liegen oder eine junge Schöne auf sein Kommen warten. Dem ging zwar zuwider, daß er die Begleiter mit sich nahm; die Zurückbleibenden sprachen, soweit der Rausch es zuließ, mit gedämpften Stimmen, ihre Meinungen darüber durcheinander. Man kannte die Namen der beiden von auswärts her in Nykjöbing Eingetroffenen, Deutsche waren es, Abkomme alter Geschlechter, der eine Henning Manteuffel aus Pommern, der das lange Haar an der rechten Schläfe eigentümlich zusammengekraust trug, so daß nichts dort von der Ohrmuschel drunter hervorstach; der zweite hieß Hanns Moltke, seine Väterburg Stridfeld stand in Mecklenburg. Ihre Züge boten auch ein adliges, doch verwildertes Aussehen, und heimlich ging ein Zuraunen um, sie führten anderswo andere Namen, auf der See, am Schiffsbord, als zwei der tollkühnsten und beutelüsternsten Likedeeler des jetzigen Vitalienhauptmanns Bartholomäus Voet, der noch im Vorjahr wieder einen verwegenen Raubanfall auf Bergen ins Werk gesetzt hatte. Im gegenwärtigen Krieg hielt er zwar Bundesgenossenschaft mit den holsteinischen Grafen und der Hansa, aber unter den Seeräubern jagten von jeher manche auf eigene Hand ihrem Gewinn nach, und der Sinnesart des Königs lief's nicht zuwider, mit solchen für einen wichtigen Zweck in Verbindung zu treten; ein Gerücht besagte von ihm, ehe er der Beherrscher der drei Reiche geworden, sei er selbst mit dem Gedanken umgegangen, ein Seeräuber zu werden. Dazu standen Henning Manteuffel und Hanns Moltke als deutsche Landsleute, der erstere obendrein als pommerscher Untertan, seinem Zutrauen besonders nahe; Sicheres wußte freilich niemand von ihnen, noch um was sich's handeln möge. Doch auffällig war's, daß er sie derartig zu sich beschieden hatte, und ward's noch mehr dadurch, daß die halbe Nacht verging, bevor die beiden wieder aus seinem Schlafgemach heraustraten.

Und seltsam wiederholte sich Ähnliches am folgenden Tage. Abermals war ein deutscher Fremdling, diesmal schon grauhaarig, vorgerückten Alters, im Schloß eingetroffen, hatte auf sein Ansuchen Vorlaß beim König gefunden und saß am Abend als Gast mit beim Trinkgelage. Von den um den Tisch Angesammelten kannte ihn niemand, auch die beiden deutschen Junker nicht; er benannte sich auf Anfrage Marten Wollweber aus Danzig, war auch sicherlich nicht vom Adel, sondern ein Stadtbürger und machte den Eindruck, ein feinerer Gewerksmann zu sein, vielleicht ein kunstfertiger Goldschmied, der hier bei dem prunksüchtigen Fürsten Absatz für einen besonders wertvollen Schmuck erhoffte. Nur wenig sich am Trunk beteiligend und selten einmal mitredend, saß er still da, im Gefühl schien's, daß er nicht unter die ritterbürtige Tafelrunde paßte, hörte nur den Gesprächen zu und ließ dann und wann kurz die Augen auf einem Gesicht verweilen. Doch als König Erich sich ebenso wie gestern ungewohnt frühzeitig erhob, sagte er wiederum: »Geleitet mich, Herr Wollweber, und tut mir noch den Preis für Euren kostbaren Schatz kund.« Offenbar hatte die Mutmaßung sich nicht getäuscht, ein Schmuckhändler war's, der die Begier des Königs zu reizen verstanden, und er schritt hinter den fackeltragenden, reichgewandeten Hofknappen drein. Es ergab sich alsbald, daß zwischen beiden dasjenige, um was es sich handelte, bereits ausführlicher zur Rede gelangt sei, sowie daß Erich besser als sein Hof über Herkunft und Stand des Fremden unterrichtet war, denn unter vier Augen mit diesem sagte er: »Setzet Euch nieder, Magister, und seiet ohne Sorgnis, ich könne Euch minder an Wert achten, weil die Schwertschneide des Hamburger Meisters Rosenfeld Eures Bruders Kopf auf die Erde gelegt hat. Vielmehr schätze ich Euch besonders, des gleichen Blutes wegen, das er in sich getragen, sowie als grimmigen Feind der Pfefferknechte, und bin Euch gut dafür zu Dank, daß Ihr hierhergekommen seid, mir von dem Enkelkind des tüchtigen Mannes Bericht zu geben, der wohl verdient, daß unter dem Volk Ruhmlieder von seinen großen Taten auf der Ost- und Nordsee umgehen. Sein Angedenken zu ehren in dem, was er hinterlassen, bin auch ich gern willfährig; fasset mir noch einmal zusammen, in welcherlei Weise es so geschehen ist. Verhält sich die sondere Art des Mägdleins nach Eurer Aussage, da wäre ich bereit, sie hierherbringen zu lassen, in den Dienst meiner Gemahlin aufzunehmen und nach dem Verdienst ihres Ältervaters für sie Sorge zu tragen.« Eine glimmernde, von tätiger Einbildungskraft zeugende Erwartung redete aus den Augen König Erichs, und der Magister Bertram Wigbold gab Antwort: »Wie ich es Eurer hochgeborenen Durchlauchtigkeit heute morgen gesprochen, ist mir Kunde davon aus Schriftstücken meines vom Hamburger Rat mit Schimpf gerichteten Bruders zu teil worden. Drin steht angemerkt, daß Claus Störtebeker einmal durch den Liebesverband mit einer schönen Fischerstochter an unserem Seestrand zum Urheber des Lebens eines Mädchens geworden sei, das, in die Jahre der Reise gekommen, wiederum eine Tochter empfangen, von welchem Vater vermag ich nicht zu sagen. Doch als zu späterer Zeit der große Seeheld sich oftmalig mit seinen Schiffen auf der Insel Rügen im Hinterhalt geborgen und dort zu guter Weile am Land unter der Stubbenkammer aus Kreidestein einen Bau aufrichten lassen, den kein Auge von der See her wahrnehmen gekonnt, da hat er seine Tochter ausfindig gemacht, sie mit ihrem Kinde zu sich in das weiße Haus genommen und, als er wieder auf die Nordsee davon gezogen, ihrer Obhut alles übergeben, was er auf seinen Hinfahrten in der Ostsee während jener Zeit erbeutet und in den Kreidefelsen vergraben gehabt. Sie hat aber vergebens auf seine Wiederkunft geharrt, weil die ›Bunte Kuh‹ ihn beim Hilligen Land mit ihren Hörnern niedergerannt; so ist sie mit ihrer Tochter in dem Klippenhaus verblieben und hat Nahrung von einigen wendischen Fischern empfangen, die dort in der Wildnis an einer Nehrung hausen; von den verborgenen Schätzen, die ihr als Erbteil zugefallen, vermochte sie alles überreich zu entgelten. Davon stand nicht mehr in meines Bruders Bericht, sondern ich hab's erst mit meinen eignen Augen gesehen und aus ihrem Munde vernommen, als mich's vor kurzem einmal angetrieben, dorthin zu segeln; es klopft, wie's Eure hochgeborene Durchlauchtigkeit gesprochen, das Blut meines Bruders auch in mir aufs Salzwasser hinaus. So habe ich die Jungfrau gewahrt, die jetzt siebzehn Jahre zählen mag, und mich bedünkt, ihre Schönheit wäre einer fürstlichen Krone würdig, denn so lang mein Leben gedauert, kam nichts ihr Gleiches an wunderbarem Liebreiz mir zu Gesicht. Es jammerte mich, daß solche junge Herrlichkeit eines Weibes in der Verlassenheit hinaltern und vergehen sollte, deshalb fuhr ich hierher, einen Beistand, der sie daraus befreie, für sie zu werben. Denn ich befand mich sonder Zweifel, der hochgemute Sinn Eurer Durchlauchtigkeit nähme Anteil an Claus Störtebeker, dem vormaligen Todfeind der deutschen Hanse, und werde, so hoffte ich, sich auch zu einem Mitgefühl für sein hilfloses Enkelkind bewegen lassen. Doch will ich mich nicht ruhmredig als selbstsuchtlos emporheben; mein altgewordenes Leben verkümmert unter Dürftigkeit und Mangel, da um meines Namens willen die Bürger Stralsunds sich feindselig von mir abkehren. Drum knüpfte ich auch für mich die Hoffnung daran, Eure königliche Durchlauchtigkeit werde hochgesinnt meiner Obsorge für das schöne Tochterkind des großen Seehelden gleichfalls mit einem kleinen Lohne gedenken.«

Unter den wohlgefügten Worten schimmerte aus dem letzten doch der eigentliche Zweck der Reise Bertram Wigbolds, die Geldgier des verhohlenen alten Kupplers hervor. In des Hörers Augen hatte während der Erzählung sich der brennende Glanz noch mehr verstärkt, er versetzte jetzt: »Hörtet Ihr je, daß König Erichs Hand sich karg wies, eine edle Tat zu entgelten? Bringt mir die Enkeltochter Störtebekers hierher, und wenn ich erkenne, daß die Wirklichkeit Eurem Bericht gleichkommt, seid des verdienten Lohnes gewiß«,

Dazu jedoch schüttelte der Magister den Kopf und antwortete: »Das würde mir nicht gelingen, ihre Mutter bewacht sie mit den Augen, die dem Argus der alten Mythe zugemessen werden, und ohne deren Zuwilligung vermöchte ich sie nicht fortzubringen, denn auf ihr Geheiß würden die Fischer sich ihr zum Beistand gesellen. Doch es ist nicht weit bis an die öde Nordküste von Rügen hinüber, binnen wenigem will der Mond sich füllen, und in einer hellen Nacht könnte Eure königliche Durchlauchtigkeit leichtlich sich mit eignen Augen überzeugen, ob ich von solchem Wunder der Schönheit mit zu hohen Worten geredet habe. Es erschiene das fürwahr gleich einer Wiederkunft des obersten der alten olympischen Götter, daran gemahnend, wie unerkannt, in verwandelter Gestalt der höchste Jupiter seinen gnadenreichen Blick auf der schönen Io, des Inachos Tochter, verweilen ließ, und meinem Bemühen gelänge es wohl, die Wachsamkeit des weiblichen Argus durch Einschläferung unschädlich zu machen. Der Täuschung unterliegen zwar die Augen gewöhnlicher Menschen, darum könnte sie auch meine betroffen haben; dagegen würde sicherlich für den Blick Eurer königlichen Durchlauchtigkeit eine Stunde der Nacht zur Erkenntnis genügen, ob die Jungfrau würdig sei, hierher in den Dienst Eurer Gemahlin überführt zu werden.«

Bekannt war's, daß König Erich oftmals ein Vergnügen daran fand, nächtlich in Verkleidungen ihn anreizenden Abenteuern nachzugehen – auch das hatte er von seinem Urältervater überkommen, der einst so durch die Liebschaft mit einer Bürgerstochter von Wisby die feste Stadt listig in seine Hand gebracht – und in seinem Gesicht stand zu lesen, daß ihm's nicht mißfallen habe, mit dem obersten der Götter des Altertums verglichen zu sein. Mancherlei schmeichelhafter Bewunderung hatte die Rede Wigbolds Ausdruck verliehen und zum Schluß eine Hindeutung angefügt, die von höchst verständiger Auffassung der Angelegenheit zeugte. Beipflichtung ließ sich der Miene des Königs entnehmen, und ein Zug begehrlicher Vorstellung umspielte seinen Mund, wie er entgegnete: »Euer Rat mag das Richtige getroffen haben, es wird wohlgetan sein, daß ich mich zuvor selbst darüber vergewissere, ob das Enkelkind Claus Störtebekers mir für den Dienst bei meiner Gemahlin geeignet erscheint. Mondnächte, sagt Ihr, stehen bevor, mir ist's noch im Gedächtnis, die machen sich hübsch drüben am Seestrand, und ich hätte wohl Lust, auch einmal die Kreidewände von Jasmund bei Mondschein zu sehen. Ihr seid ein gelehrter Mann, Magister – drei Königreiche machen viel zu schaffen und aus meinem Kopf ist's etwas weggeraten – weckt's auf und erzählt mir noch einmal, wie sich's mit Jupiter und Io zutrug. Eine lustige Geschichte war's, mir ist's dunkel, eine Kuh kommt drin vor – nicht die bunte Kuh, die Euch den Haß auf die Pfefferknechte ins Blut gestoßen – aber die Gemahlin Jupiters war von Haß gegen sie entbrannt. Das war sie vermutlich nicht ohne Grund, denn ein häßliches Geschöpf hassen die Ehefrauen nicht – laßt mich die Geschichte wieder hören, Magister, vielleicht träumt sich's gut in der Nacht darauf.« König Erich sprach's lachend, lehnte den Kopf zurück und ließ die Lider auf die Augen fallen. Doch unter ihnen überblinzelte er durch die Wimpern unmerklich das Gesicht Bertram Wigbolds, wie man einst von Waldemar Atterdag gesagt hatte, ›at han blinkede med Oiene‹, wenn er jemand vor sich sprechen ließ, um ihm zuhörend in seinem Innern zu lesen.

* *
*

Schon seit einem Jahrhundert war durch die Hanse auf dem Gebiet der Seefahrt eine Umänderung bewirkt, die bis dahin allgemein in Europa bräuchlich gewesene, noch vom Altertum übernommene spanische ›Galeere‹ durch die niederländisch-hansische ›Kogge‹ verdrängt worden; selbst die Venetianer und Genueser hatten diese Schiffsbauart, als zweckmäßiger sowohl für den Handel wie für die Kriegführung angenommen. Die ›Kogge‹ stellte das größte Fahrzeug der Zeit dar; breitgebaucht und hochgebordet, trug sie an der Vorder- und Rückseite aufgetürmte ›Kastelle‹, die im Kampf den hohen Standplatz der Waffenträger bildeten und mit Bliden und Mangen, Schleudergeräten zum Werfen großer Steine, sowie mit Brennstoffen angefüllter Fässer ausgerüstet waren; diese Wurfmaschinen hatten sich vielfach auch nach dem Aufkommen der Feuergeschütze, der ›Feldschlangen‹ und ›Bombarden‹ noch forterhalten. Zumeist führte die ›Kogge‹ einen Großmast und einen Besan- oder Hintermast, bei den mächtigsten trat noch ein Fockmast hinzu. Der erstere enthielt auf dem ›Mars‹, dem Mastkorb um seine Mitte, von der sich seine ›Stenge‹ weiter aufhob, ein ›Topkastell‹, dessen runder, von einer Brüstung umgebener Ausbau den Schützen zum Aufenthalt diente, vordem den ›Armbrustern‹, nunmehr den Handhabern der nach und nach zur Anwendung gelangten ›Knallbüchsen‹, ›Haken‹ und ›Arkebusen‹, kleinerer, nur sehr umständlich noch benutzbarer Handfeuerwaffen. Überaus stolz aber zog bei günstigem Wind solche hansische Vollkogge mit ihrer gebauschten Segelfülle, dem riesigen lateinischen Großsegel, den Fock- und Besan-, Mars-, Klüver und Sprietsegeln über die Wellen dahin; unter dem langen Bugspriet blickte gemeiniglich, aus Holz geschnitzt oder in Erz gegossen, das Brustbildnis des Erzengels oder Heiligen auf, dessen Namen das Schiff trug. Für den Krieg vollbemannt, führte dies bis zu anderthalbhundert ›Wappner‹, ein halbes Dutzend ›Bombarden‹ mit den dazu gehörigen ›Kraut‹-Tonnen, den Pulverfässern, und daneben noch eine Anzahl der alten Bliden an Bord.

Um ein paar Tage nach der Zwiesprache des Königs Erich und Bertram Wigbolds lief in noch dämmeriger Morgenfrühe eine derartige ›Kogge‹, doch nur mittlerer Größe, von der Nykjöbinger Ladebrücke ab und nahm ihren Weg durch den Guldborgsund nach Süden. Als sie zur freien See hinauskam, war der Tag voll angebrochen, guter Wind füllte hier ihre Segel, denn er ließ am Dünenrand von Gjedserodde, der einsamen Südspitze Falsters, an einer dort im Sand aufgepflanzten

49

Fichtenstange ein Stück Flaggentuch lustig gen Osten flattern; ein Deutungszeichen der Untiefe vor der Insel schien's zu sein. Sichtlich war das Schiff ein Handelsfahrzeug, wenn auch breitbauchig, doch für leichtere Beweglichkeit gebaut, als die schwerfälligen Vollkoggen. Zwar mit einer schmalbrüstigen Snigge, die schon etwas Vorsprung vor ihr hatte, vermochte es nicht zu wetten; sie erweiterte, sich gleichfalls ostwärts haltend, bald den Abstand noch mehr, verschwand vor Mittag völlig aus dem Gesicht. Merkbar indes lag der Kogge auch nicht dran, ihr durch größere Schnelligkeit den Vorrang abzulaufen, sie hielt nur die Hälfte der Segel beigesetzt und trieb gemächlich dahin; an ihrem Hintermast wehte eine Flagge, von der zu mutmaßen stand, daß sie ihr zu Recht nicht zukomme. Doch war von keinem Auge gesehen worden, daß sie die Flagge der Stadt Danzig erst nach ihrer Ausfahrt aus dem Guldborgsund gehißt hatte; die dänische zu zeigen, wäre hier im Bereich der hansischen Osterlinge für einen wehrlosen Kauffahrer bei den Kriegsläuften nicht ratsam gewesen. So aber verbürgte der trügerische Anschein der Kogge ziemliche Sicherung, zumal da sie sich längere Zeit in der Nähe von Falster hielt und im Notfall an diesem Schutz suchen konnte. Doch im Beginn des Nachmittags änderte sie plötzlich den Kurs, lief aus der Höhe der Kreidefelsen von Möen quer über die See gegen die pommersche Küste zu, jetzt unter Vollsegeln, mit denen sie rasch einigen ihr begegnenden, mühsam wider den Wind kreuzenden kleineren Hanseschiffen vorbeigelangte. Dann stieg vor ihr der ödverlassene Uferkamm von Arkona mit seinem dunklen Trümmerrest auf; an der Brüstung des Vorderkastells stand neben dem Magister Wigbold ein Mann, der mit lang ihn umhüllender Schaube aus lündischem Tuch das Aussehen eines reisenden Kaufmanns bot. Seine Hand deutete nach dem Vorgebirg' hinüber und er sprach dazu: »Ein Erich hat die Burg niedergelegt und ein Waldemar den Tempel Swantewits zu Asche gemacht. Heute sind beide in Einem beisammen, der das Hanse-Götzenbild in Stücke schlagen wird, und Euch zu Dank, Magister, gedenk' ich einen Kohlenhaufen rauchen zu lassen, wo Eure Stadt Stralsund steht. Ich habe ihr eine lange Rechnung aufgekreidet, an der Zeit ist's, sie einzutreiben. Glimmert da drüben schon die Kreide von Jasmund? Zur Nacht liegt mir noch andere Dankschuld auf für Claus Störtebekers Hinterlassenschaft, und Ihr seht, ich habe Vertrauen in Euch gesetzt, Magister, daß mir in seinem weißen Fuchsstollen keine Täuschung vor Augen gerät.« König Erich schlug über dem Kaufmannsrock ein lustiges

Lachen zu den Worten auf, bereits erkennbar schimmerte die helle Wand der Stubbenkammer aus Süden her über der Wasserfläche, und die nur mit der gewöhnlichen Mannschaft eines Handelsschiffes besetzte Kogge nahm jetzt graden Lauf gegen die verrufene Küste hin. Das Abenddunkel fiel ein, doch ehe sie in zu bedrohliche Nähe des Ufers kam, stieg der in Rechnung gezogene Mond herauf und gab Helligkeit genug, um eine Zufahrt und gesicherten Landungsplatz ausfinden zu lassen. Die Abenteuerlust des Beherrschers der nordischen Reiche hatte ihn zu einem nicht unbedenklichen Unterfangen verlockt; wie einst Waldemar Atterdag als Bürger verkleidet an der Küste von Gotland gelandet war, durch Liebesbetörung einer Tochter der reichen Stadt Wisby sich dieser zu bemächtigen, so stieg bei nächtlicher Weile sein Urenkel an dem einsamen Nordstrand Rügens aus. Doch nicht von der Sucht hergetrieben, eine Stadt an sich zu bringen, sondern nur um sich mit eigenen Augen zu vergewissern, ob ein junges Mädchending würdig sei, von ihm für den Dienst seiner Gemahlin mit nach Nykjöbingschloß geführt zu werden.

Nur ein mäßiger Wind ging, doch im Verein mit dem Anrauschen der Wellen an den Strand schuf er ein röhrend die Luft durchspinnendes Geräusch, das den Schall von Fußtritten im klirrenden Gestein nur kurzhin vernehmen ließ. Wie dieses murrende Gesumme das Ohr, umgab ein ungewisser Schein die Augen, denn der Mond war noch nicht über die Stubbenkammer heraufgerückt, ihr Schatten reichte noch bis dahin, wo die nächtlichen Ankömmlinge ans Land getreten, so daß der Blick kaum auf einige Schritte in der Runde das umher Befindliche unterschied. Bertram Wigbold drehte einmal, ohne recht zu wissen, weshalb, mechanisch den Kopf zurück, doch gleichzeitig faßte der König ihn unterm Arm und sagte: »Führt mich, Magister, Ihr seid hier die Katze, die im Dunkeln sieht. Wo ist das Mauseloch mit der weißen Maus drin? Ich sehe nichts vor mir als Rabengefieder.« Der Befragte erwiderte: »Eurer königlichen Durchlauchtigkeit wird sich das Dunkel bald aufhellen, hier kommen wir gleich ans Ziel.« Seinen Begleiter führend, umbog er eine vorspringende Gesteinmasse, und hinter dieser fiel ihnen schon von nahe her ein roter Lichtstrahl ins Gesicht. Wandfackeln warfen ihn aus dem Innern des weißen Kreidehauses hervor, dessen Tür offen stand, als ob es die Ankunft von Gästen erwarte, und ein paar Augenblicke später setzten die Weitergeschrittenen den Fuß in die seltsame große Halle hinein. Sie war leer wie damals, als Jörg von der Lippe auf seiner Wanderung zu ihr geraten, nur am Herd stand eine weibliche Gestalt in dem wunderlichen, mit Rad und Galgen anblickenden Gewand, unerkennbaren Gesichts, denn ein schwarzes Schleiergewebe hielt es überdeckt. Wigbold sprach gedämpft: »Die Frau ist's, von der ich Eurer Durchlauchtigkeit kundgetan«, und der König fragte, sie anredend: »Bist du Claus Störtebekers Tochter? Wo ist deine Tochter?« Nun klang antwortend ihre Stimme: »Ja, du kennst mich. Ich habe lange auf deinen Besuch gewartet, Erich von Pommern. Setze dich an den Tisch. Das Nachtmahl steht dir bereitet, so gut ich's vermocht, und meines Vaters Humpen für dich gefüllt.« Beim letzten zog sie den Schleier ab und sprach hinterdrein: »Wieder Mondnacht ist's. Kommst du, deine Tochter auf dein Schloß zu holen und ihr eine Krone aufs Haar zu setzen? Ich will sie rufen.«

Ein helltöniges Gelächter brach dazu aus ihrem Mund, den Augen König Erichs entgegen, der ungewiß auf ihre enthüllten Züge gestarrt und jetzt hervorstieß: »Ich kenne dich – wir sahen uns schon – du hießt Gesa –«

Sie ging der Türöffnung zu, und nun lachte auch der König schallend auf, sprach danach, seinem verständnislos dreinschauenden Führer mit der Hand auf die Schulter schlagend: »Das habt Ihr lustig angestellt, Magister! Ich sagte Euch guten Lohn zu –«

Etwas Drohendes lauerte aus dem Klang der Worte herauf, ein schriller Möwenruf durchschnitt sie, mit dem die zur Tür Getretene ein Zeichen nach außen gab. Dem antwortete ein Ruf von dorther: »Hinunter, und bindet ihm Arm und Bein!« Die Stimme Jörgs von der Lippe war's, aus einem Felsenversteck erscholl das hurtige Niederdröhnen eines Dutzend von Fußtritten. Doch gleich danach stürmten andere Töne durcheinander, Getöse, Waffengeklirr, wilde deutsche Seemannsflüche und Hohngeschrei in dänischer Zunge. Dann abermals ein Befehlsruf Jörgs: »Umsonst! Zurück!« Der Mond schoß die erste Silberzinke über die Stubbenkammer, und sein Licht zeigte den weißen Bau rundhin von einem halben Hundert stark Gewaffneter umringt, die der breite Bauch der Kogge nicht wahrnehmbar verborgen gehalten; ungesehen und ungehört waren sie ihrem Gebieter nachgefolgt. Der trug die Begier Waldemar Atterdags in sich, doch auch seine Verschlagenheit und hatte mit den blinzelnden Augen Unrat gewittert. Der Fuchs war nicht nach dem Köder in die Falle gegangen, ohne sich den Rückweg sicher offen zu halten. Die lange Schaube abwerfend aber stand König Erich in glitzerndem Kettenpanzer mit gezogenem Schwert, schlug dem verdutzten Magister nochmals mächtig auf die Schulter und sagte unter einem grimmigen Lachen: »Du sollst es bei mir besser haben, als dein Bruder beim Meister Rosenfeld, und morgen früh zuerst am Mast die Sonne aufgehn sehen.«

Fast gedankenschnell war das Überraschende geschehen, doch blitzgeschwind auch hatte Gesa den Vorgang begriffen, riß eine Fackel von der Wand, mit der andern Hand Bertram Wigbold hinter sich, wies ihm: »Da hinunter!« und stand mit dem brennenden Kienholz vor dem König. Ihre dunkelglimmernden Augensterne blickten ihn furchtlos an und lachend sprach sie dazu: »Du wolltest mein Gesicht deutlicher als im Mondschein sehen, Erich von Pommern. Gefällt deine Braut dir so? Du brauchst dich ihrer nicht zu schämen, sie ist nicht mehr schwach von Sinnen und eines Seekönigs Tochter, wie du's gemeint. Deine Tochter hält Hertha in Hut, denn du kannst sie nicht zu dir nehmen, wie du's gedacht. Aber mir gefällst du, mein Liebster, du bist kein Bauernjunge mehr, sondern ein schöner Mann geworden, und ich will mit dir nach deinem Schloß gehn und dir helfen deine Kronen zu tragen. Mir gehören sie zu Recht, nicht der Engländerin, denn die ist nur dein Kebsweib. Aber ich bin von deiner Wahl die Königin in deinen Reichen. Bis heute hat's nur der Mond gewußt, jetzt soll's auch die Sonne sehn! Komm, mein Gemahl!«

Hörbar zu Spott und Hohn war's gemeint, doch aus der Stimme der Tochter Claus Störtebekers kam noch einmal ein Nachhall des halbirren Tons herauf, mit dem sie in der Mondnacht auf Wollin zwischen den Trümmerresten der alten Palnatoke-Burg auf die Fragen des verkleideten Fürstensohns geantwortet hatte. König Erich aber fiel das Blut aus dem Gesicht, als ob ein aus dem Boden aufgewachsenes Gespenst vor ihm stehe und die Hand nach ihm strecke. Fassungslos übermannte ihn die Einbildung mit einem Hirngespinst, sie habe die Macht, auszuführen, was sie drohe, könne ihn zu Schimpf und Schande zwingen, sie mit sich vor aller Augen ins Königsschloß zu führen. Verworrenen Sinns, schreckbetäubt wich er vor ihrer Hand zurück; sie folgte ihm nach, drängte ihn mit der Fackel, dem vorgestreckten Arm, mit kosenden Liebesworten Schritt um Schritt weiter zur Tür, seinen draußen harrenden Kriegsmännern entgegen. Nun bis über die Schwelle, daß sie die Bohlentür zuschlagen und den Riegelbalken vorstoßen konnte. Hindurch schlug ihm noch einmal ein geisterhaftes Lachen ihres Mundes wie ferne Kindheitserinnerung ans Ohr, dann warf Gesa die Fackel auf den Herd und tauchte an der Stelle nach in den Boden hinunter, wo Bertram Wigbold aus der Halle verschwunden war. Die Seeräuber hatten durch den weichen Kreidegrund Stollen nach Höhlungen gegraben, in denen sie ihre Beute verborgen gehalten, und ein heimliches Schlupfloch führte weiter auch ins Freie hinaus. Das wußte Erich von Pommern nicht, mußte glauben, er halte die beiden im umschlossenen Haus in seiner Gewalt. Doch er dachte nicht mehr daran, sich des Magisters zu bemächtigen, Furcht vor dem Mondnachtsgespenst von Wollin rüttelte und schüttelte ihm noch die Glieder. Wie dort lag die weiße Nacht unheimlich hier um ihn, er gab, hastig davoneilend, Befehl, wieder mit der Kogge in See zu stechen, und als die aufgehende Sonne das Schiff schon im Angesicht der Südspitze Falsters begrüßte, sah sie Bertram Wigbold nicht vom Mast herabhängen. Doch flatterte auf der Düne von Gjedserodde an der Fichtenstange noch die Linnenflagge, die der Snigge Jörgs von der Lippe das Zeichen gegeben, daß der König gewillt sei, in der Morgenfrühe die Abenteuerfahrt nach Rügen zu unternehmen.

Anders als erhofft aber hatte der Tag geendet, den Anschlag Jörgs, seinem Vater König Erich mit gebundenen Armen ins Haus zu bringen, zerscheitern lassen. Den Grund, der ihn zum Entwurf dieses mißglückten Planes getrieben, gab die Mondnacht in der kleinen Waldlichtung an dem dunklen Wasserspiegel des Hertha-Sees zu erkennen. Dort, wo nur noch der alte Erdwall von einem Bauwerk verschollener Vorzeit Kunde forterhielt, hatten alle, die drunten der Übermacht weichen gemußt, sich zusammengefunden, und auf einem der bemoosten Trümmersteine saß Jörg von der Lippe, die junge Gesa, die nicht Hertha hieß, sondern den gleichen Namen ihrer Mutter trug, auf seinen Knien haltend. Nicht zum erstenmal tat er's so, und sein Arm lag um ihren Nacken geschlungen, denn er wußte schon seit mancher Wiederkehr sicher, daß sie keine Seejungfer, vielmehr ein gar wundersam schönes Menschenkind sei, und in dieser Nacht nun war ihm dazu kund geworden, sie sei eine Tochter des Beherrschers der skandinavischen Reiche. Aber er wußte auch, das nütze ihm nicht gegen den Widerstand seines Vaters, dessen Einwilligung zu gewinnen, daß er sich ein Weib seiner eigenen Wahl heimführe, wenn der Alte dies des Geschlechtes derer von der Lippe nicht gleichbürtig achte. Wohl einverstanden zwar war Gesa, die Mutter, den Burgemeistersohn von Stralsund zum Eidam zu erhalten, doch nur unter der Sicherung, er bringe ihre Tochter als anvermählte Ehefrau in sein Haus, und in Wirklichkeit wie mit den Augen des Argus wachte sie darüber, daß sich die Mondnacht von Wollin nicht auf Rügen zum andernmal wiederholen könne. Ihr Kind trug als Erbteil das Blut Claus Störtebekers und Waldemar Atterdags in sich, sie wußte, von einem ungestümen Wellenschlag sei's, und selbst haltlos auf wilder See des Lebens umgeworfen, wollte sie die Tochter in ruhigem Hafenschutz bergen. Eine Beihilfe konnte sie dazu leisten, und die Nacht hörte am Hertha-See Ratschlagung, an der auch der Magister Wigbold sich beteiligte, hin und her gehen, wie vielleicht anderes sich an die Stelle des mißlungenen Versuchs setzen lasse. Denn Jörg entstammte nicht minder dem Blut derer von der Lippe, als Herr Nikolaus, und wenn er nicht als Junge vor dem Alten dastand, kam seine Willensbeharrlichkeit der des Altburgemeisters ebenbürtig gleich. Viel an Zuversicht zwar gab ihm nicht Geleit, als er im Morgengrau von seiner Auserkorenen Abschied nahm und enttäuscht seine Snigge vom Geklipp der Stubbenkammer wieder in die See auslaufen ließ. Mit einer königlichen Ladung hatte er sie nach Stralsund zu bringen gedacht; nun stand er vorderhand von zweckloser Rückkehr dorthin ab, schlug entgegengesetzte Richtung gen Osten ein und landete um einige Tage später, vom Magister Wigbold begleitet, an der Ladebrücke von Danzig.

* *
 *

Hin und her schwankend nahm der nordische Krieg zu Land und zu Wasser Fortgang. Den holsteinischen Grafen gelang's, erfolgreich gegen die Übermacht des Königs Widerstand zu leisten, der Hanse dagegen fiel nur wenig an Ruhm und Gewinn zu. Wohl rüstete sie eine an Zahl gewaltigere Flotte, denn je zuvor, über drittehalb Hundert große und kleine Schiffe mit zwölftausend Gewaffneten, die in die Meerenge zwischen Seeland und Schweden, von den Skandinaviern ›Eyrarsund‹, von den Deutschen ›Noresund‹ benannt, einliefen, um die dänische Schiffsmacht zu vernichten und Kopenhagen zu erobern. Doch der Sund, der schon mehr als eine schwere hansische Niederlage gesehen, nahm auch diesmal wieder einen kläglichen Mißerfolg gewahr. König Erich hielt das Fahrwasser mit starken Bollwerken versperrt, hinter denen seine Flotte sich in Sicherung barg; vergeblich strengten die Hansen sich an, in das ›Ravenhol‹, den Ravelin, einzubrechen, suchten umsonst, aus zu weiter Entfernung mit ihren auf Flöße gesetzten zahlreichen Bombarden die feindlichen Fahrzeuge zu zerstören. Nach mancher Woche kehrten sie im Frühlingsanfang unverrichteter Sache an die deutsche Küste zurück, zertrennten sich, und jeder Geschwaderteil segelte seiner Heimatstadt zu. Der Mangel einheitlicher Leitung, eines straff zusammenfassenden, gebietenden Oberbefehls machte sich, wie schon gar manchmal, geltend; geheime Unterströmungen in dem großen Städtebund traten schädigend hinzu. Während des ganzen Krieges bereits hatte die Beteiligung Lübecks, des Oberhauptes, sich als eine schwächliche gezeigt, es stand im Verdacht, mehr zu hemmen als zu fördern, im Holstenland kam die Rede auf, die von Lübeck führten statt des Schwertes einen Badequast. Ob der Grund dafür in dänischem Gold oder Sonderzusagen des Königs zu suchen war, mochte dieser allein wissen, aber unverkennbar kam er seinem Ziel, das Angedenken Waldemars an der dudeschen Hanse zu rächen, seinen eigenen Haß an ihr zu befriedigen, näher. Triumphierend saß Erich von Pommern auf der Schloßburg seiner neu zur königlichen Residenz erwählten Stadt Kjöbenhavn, die allmählich aus einem Fischerdorf zum ›Kaufmannshafen‹, dem Hauptort des dänischen Reiches emporgewachsen war. Hier verbrachte er seine Zeit unter dem eifrigen Entwurf von Plänen, dem Empfang geheimer Botschaften und dem kaum oberflächlich bemäntelten schöner Frauen, an deren abendlichen Besuchen im Schloß seine Gemahlin nicht Anteil nahm. Doch er übte eine bezwingende Gewalt auf weibliche Sinne, der sich auch Philippa von England, trotzdem sie keinen Zutritt zu jenen Empfängen erhielt, nicht entziehen konnte. Die ihr zugefügte Schmach außer acht lassend, sann sie beständig nach Mitteln zur Gewinnung der Gunst ihres hohen Gemahls einher, die sie freilich durch ihre eigene Naturmitgift an Schönheit und einnehmendem Behaben so wenig wie durch königliche Schmückung ihrer schlanken Gestalt bei dem neuerungssüchtigen Nachkommen Waldemars Atterdag zu erringen vermochte. Aber als Tochter des Königs von England besaß sie noch eine andere Mitgift, reichhaltiges englisches Gold, und wie Erich jetzt von einem längeren Aufenthalt in Stockholm zurückkehrte, empfing Philippa ihn mit einer eigentümlichen, für ihre Nebenbuhlerinnen nicht herstellbaren Überraschung. Denn während seiner Abwesenheit hatte sie eine mächtige, mit zwölfhundert Kriegsleuten besetzte Flotte ausgerüstet und die Zahl der Schiffe genau nach derjenigen, den siebenundsiebzig, bemessen, mit denen die Hanse einstmals seinen

Urältervater überzogen und zu Boden gestürzt hatte. Mit welchem Dank er ihr diese bedeutungsvoll sinnige Gabe gelohnt habe, entzog sich der Mitteilung durch Augenzeugen, doch sein ungewohntes Verhalten gegen sie wenigstens in den nächstfolgenden Tagen bewies zweifellos, daß sie diesmal auf ein wirksames Mittel geraten und einem in ihm brennenden Verlangen entgegengekommen sei.

An den mannigfachen Wechselfällen des nun bereits zwei Jahre andauernden Krieges nahm Jörg von der Lippe keinerlei Anteil, betrieb scheinbar in gleichmütiger und gleichgültiger Weise nur den Seehandel seines Vaters als Schiffsführer weiter. Ihn drängte nicht Ehrgeiz, sich in Kämpfen hervorzutun. die ihm keine Aussicht boten, den an der Küste von Jasmund mißratenen nächtlichen Anschlag besser zum Gelingen zu bringen, und auch nach dem Kreidehaus unter der Stubbenkammer spannte er nicht mehr bei heimlicher Nachtfahrt die Segel. Doch in ihm sah's anders aus, als sich's in seinem Tun und ruhigen Gesichtsausdruck kundgab. Er hatte vordem nicht nur über den Glauben seiner Mannschaft an Seeweiber gelacht, auch die Macht verspottet, die ein menschliches Wesen des andern Geschlechts über einen Mann gewinnen könne; nur Schwächlinge vermöge ein Weib mit Liebestorheit zu berücken. Aber wie seine sichere Vernunft in der Mondnacht am Hertha-See doch eine Weile lang zum Schwanken gekommen, war in noch stärkerem Maß seine andere Selbstzuversicht zu vollständigem Zusammenbruch geraten. Ob ihm der Sinn durch Zauberkünste oder vom Klopfen des Bluts in seinem eigenen Innern behext worden, er sah nichts mehr vor Augen, als das Antlitz Gesas, der jungen, hörte nur noch den Klang ihrer Stimme im Ohr, sie war das Denken seines Tages und das Traumbild seiner Nächte. Bertram Wigbolds Schilderung von ihr auf Nykjöbingschloß war zutreffend gewesen, etwas Wundervolles, dem nichts anderes gleichkam, hatte die Vereinigung ihrer Abkunft vom Blut der schönen Ingeborg und dem Claus Störtebekers vollbracht; sie regte den Eindruck, als ob Sonne und Mond an ihr geschaffen habe, das glanzpeilende Meer und der geheimnisvolle Laubwald um den dunklen Hertha-See. Und ob sie fraglos nichts von der mythischen Germanengöttin an diesem an sich trug, von der Tacitus berichtete, hatte der römische Geschichtschreiber sie doch in Einem für Jörg von der Lippe richtig gekennzeichnet: Wer sie mit Augen erblicke, sei dem Tode verfallen, dem Hinsterben an verzehrender Sehnsucht, wenn ihm nicht gelinge, sie als die Seinige in sein Haus zu führen. Daß sie dies nur als anvermählte Ehefrau betrete, hielt aber ihre Mutter untragbare Wacht, und Herrn Nikolaus' Augen waren wider weiblichen Zauber mit Diamanthärte gepanzert; ihm galt die Schönheit so wenig als die königliche Abstammung, für den Burgemeistersohn bedankten beide ihn gewichtlos gegen eine Tochter aus stralsundischem Patriziergeschlecht, Das wußte der Junge genau, daran war nicht zu rütteln; nur der gebundene skandinavische König hätte ihm als Brautwerber bei dem Alten dienen gekonnt, oder etwas Ungeheures mußte vom Himmel fallen, dessen Starrsinn zu übermeistern. Etwas Derartiges von oben herunterzureißen, war aber Jörg trotz seinen zwei kräftigen Armen und dem festen Willen außer stande, vermochte nichts weiter zu tun, als den Winter hindurch auf der Danziger Helling einen Schiffsbau zu betreiben, nicht vom Gelde seines Vaters, sondern aus dem Erlös für die in der Kreide der Stubbenkammer verborgene Hinterlassenschaft Claus Störtebekers. Die sah Gesa, die Mutter, als einen Brautschatz ihrer Tochter an, für diese aufgespart, daß sie, nicht mit leerer Hand kommend, ihn einem Freier zubringe, und die nächtliche Ratschlagung am Hertha-See war zum Schluß gelangt, das Vorhaben des jungen Schiffers damit zu ermöglichen. Sonderliche Zuversicht trug zwar die Hoffnung, die er auf seinen Koggenbau setzte, nicht in sich; im Osten gab's ein Spruchwort: »Wer kann gegen Gott und Groß-Nowgorod?« und wider dies letztere hätt' er's, wäre damit zu helfen gewesen, mutig auf einen Versuch ankommen lassen. Doch in seinem Innern klang das Wort in einer andern Fassung: »Wer kann gegen den Alten?« wenn er den Augen, der vorgeschobenen Unterlippe und der Stimme desselben gegenüberstand. Bei der Vorstellung kroch aller Willenstrotz des Jungen zu Kreuz, war kein Wolf oder Bär, sondern duckte sich scheu wie ein Hase beim Rüdengebell mit niedergebogenen Ohren in eine Bodenrille zusammen. Und so wußte Jörg von der Lippe keinen Rat, als sich, so viel sich's machen ließ, vor den gefürchteten Augen des Altburgemeisters geborgen zu halten und heimlich seine Veranstaltung auf der Helling von Danzig weiter zu betreiben.

Der Magister Bertram Wigbold war nach Stralsund zurückgekehrt, wo er, ohne guten Geschmack daran zu finden, an der Erinnerungskost zehrte, daß Erich von Pommern ihn an verhohlener Klugheit überboten hatte. Auf ein Haar wär's ihm obendrein dabei oben am Mast um den Hals gegangen; das beschwerte ihn indes in der Vorstellung nur wenig, es hätte ihm zu Recht drauf gestanden, und wenn er auch kein Seeräuber geworden, wie sein Bruder, trieb sich dessen furchtlos verwegenes Blut doch auch in seinen Adern um. Wahrheit aber war ihm auf Nykjöbingschloß vom Mund gekommen, daß er bei seiner Bemühung um Claus Störtebekers Enkelkind Hoffnung auf einen kleinen Lohn auch für sich setze, freilich nicht aus der Hand König Erichs, doch aus der Jörgs von der Lippe. Denn er fristete in der Tat sein Dasein unter kärglichsten Umständen, und das über ihn herausgerückte Alter ließ ihm etwas Verbesserung und Sicherung vor dem schlimmsten Darben als recht wünschenswert erscheinen. Dafür hatte der Fehlschlag am Jasmunder Strand zwar die Aussicht verdorben, doch sein Kopf drüben auf Falster etwas in sich aufgenommen und mit herübergebracht, das er eigentümlich eingehakt drin bewahrte. Zwei Gesichter aus der Bankettrunde im Schloß waren's, die der zwei Junker Hanns Moltke und Henning Manteuffel, besonders das des letzteren mit dem an der rechten Schläfe wunderlich über's Ohr niedergetrausten Haar, und ihm hielt sich daran geknüpft, in dem Aufenthalt der beiden am Hoflager des Königs habe etwas Verborgenes, der deutschen Hanse Geltendes gesteckt. Was dies sein möge, wußte der Magister sich allerdings nicht zu sagen, doch trug er ein Gefühl in sich, er werde ihnen noch einmal wieder begegnen, und im Gang des Winters zeigte sich, daß diese Mutmaßung ihn in der Tat nicht getäuscht hatte. Im Dämmern eines mit dichtem Schneegestöber über Stralsund einfallenden Märzabends führte der Zufall ihm nahe einen Wann vorüber, dessen Äußeres durchaus keine Ähnlichkeit mit einem jener beiden darbot, die lange Bärte und im Gesicht frech funkelnde Augen getragen hatten. Dieser war glatt geschoren, dabei lag ein halb blöder Ausdruck in seinem Blick, ein sich kümmerlich nährender kleiner Gewerbtreiber schien's zu sein. Nur sein ungewöhnlich, als halte es etwas verborgen, tief über die rechte Schläfe niederhängendes Kopfhaar ließ Wigbolds Augen stutzen, so daß er unvermerkt dem in der engen Wassergasse in die Metschankstube zum Kannenhals Eintretenden nachfolgte. Hier brachte er vom Wirt unauffällig in Erfahrung, ein ›Paternostermacher‹, ein Bernsteinsucher und -dreher sei's, der schon seit dem Winterbeginn in der Stadt dem Absatz seiner Waren nachgehe, Karsten Jesup heiße und abends gemeiniglich zu einem Trunk in der Schenke vorkehre. Das nutzte der Magister zu weiterer klug angestellter Beobachtung, aus der sich ihm bald als zweifellos ergab, er habe in dem Karsten Jesup den Junker Henning Manteuffel wieder angetroffen, und dieser trage sein Haar so absonders, weil ihm an der Seite das Ohr fehle, das ihm mutmaßlich einmal irgendwo am ›Kaak‹, dem Schandpranger, vom Büttel abgeschnitten worden sei.

Als Bertram Wigbold diese Erkenntnis aufgegangen, entwickelte er eine außerordentliche Befähigung zum Kundschaftern, heftete sich, ebenfalls seine äußere Erscheinung zur Unerkennbarkeit verändernd, an die Fersen des verdächtigen Gastes und Landsmanns Erichs von Pommern und entdeckte, daß jener seinen Bernsteinhandel nach Einbruch der Dunkelheit bei den wenigen, in der vom Päpstlichen Bannfluch betroffenen Stadt noch verbliebenen Pfaffen betrieb. Nicht minder jedoch in den Häusern der Ratsherren, die heimlich dem früheren Regiment und dem aus Stralsund vertriebenen kirchlichen Oberhaupt Kurt von Bonow anhingen, und daneben besuchte der Paternostermacher allnächtlich die Gildestuben mehrerer Zünfte, besonders die der Brauer, unter denen verhohlene Erbitterung über den Krieg herrschte, weil dieser ihnen die höchst einträgliche Bierausfuhr nach den skandinavischen Ländern aufgehoben. Durch eine Reihe von Wochen, bis zum Frühlingsanfang, setzte der Magister behutsam und schweigsam seine Ausspürung fort, aber dann im Maibeginn erbat er plötzlich einmal noch spät abends dringlich Vorlaß bei dem Altburgemeister Nikolaus von der Lippe, und das ihm verstattete Gehör zog jählings überraschende Folge nach sich. Denn um kaum eine Stunde nachher durchhellte vielfaches Fackelgeloder die nachtdunklen Straßen der Stadt, Hunderte von schwer gewaffneten Bürgern drangen da und dort in die Gildestuben ein, erbrachen die verschlossenen Türen vieler, auch mancher vornehmer Häuser und nahmen über hundert Ratsherren, Pfaffen und Zunfthäupter aus ihren Betten in Verhaft, um sie sonder Rücksicht auf Stand und Namen ohne Kleid und Schuh in den ›Turm‹ zu werfen. Befunde stellten klar heraus, daß für die nächstfolgende Nacht ein Aufruhr geplant worden, bei welchem dem draußen mit seinem mecklenburgischen Rittergefolge harrenden Kurt von Bonow die Tore geöffnet und das Stadtregiment niedergemacht werden sollte. Doch durch die noch rechtzeitige Auskundung Bertram Wigbolds und die blitzschnelle Entschlossenheit des Herrn Nikolaus war dies Vorhaben zum Gegenteil, dem Verderben der Aufrührer ausgeschlagen: nun suchte, wer von diesen noch zeitig erwachte, über die Stadtmauer davon zu kommen, aber nur wenigen gelang's, oder die ins Freie hinaus Geflüchteten ertranken draußen in den großen, überall Stralsund umgürtenden

Teichwassern. Einer derer, die sich zu retten vermochten, war der Seeräuber Henning Manteuffel; er schwamm wie eine Ratte und entkam, bloß und nackt, ans andre Ufer, um seinem Genossen Hanns Moltke im Lager der Mecklenburger die unwillkommene Botschaft zu bringen, daß der Anschlag König Erichs gegen die Pfefferkrämer mißraten und sein reichlich ausgestreutes Gold nutzlos vergeudet worden sei. Der Magister Wigbold hatte sich an ihm eine Genugtuung für das auf Rügen verlorene Spiel verschafft und diesmal sich selbst einen wohlverdient nicht karg bemessenen, für seinen Lebensrest voll ausreichenden Lohn eingescheuert. Anderer Lohn ward dagegen schon am nächsten Tag einem halben Dutzend der Hauptverschwörer zu teil, denen die breite Schwertklinge des Meisters Hans' hurtig die Köpfe vom Rumpf abtrennte. Nikolaus von der Lippe hielt ein langwieriges Rechtsverfahren durchaus überflüssig, erachtete vielmehr eine derartige schleunige Vollstreckung als äußerst förderlich, sowohl für das allgemeine Beste, wie auch für eine nützliche Einwirkung auf eine mehr oder minder große Anzahl von Köpfen, die noch in der Stille ähnlichen Umsturzgedanken nachhängen mochten, und er machte sich nichts draus, daß bei der Hinrichtung der Boden des Alten Markts sich vor seinem Hause einmal wieder sehr lebhaft rot färbte. Sein Gemüt litt so wenig an empfindsamer Schwäche, wie das seiner Zeit überhaupt, der die von überwältigten Gegnern herrührende Blutfarbe nur eine erfreuliche Augenweide bereitete.

Das hatte sich am dritten Maitage zugetragen und infolge davon Stralsunds Bevölkerung sich erst spät über Mitternacht hinaus zur Ruhe gelegt. Doch in der Erwartung eines jetzt friedfertigen und ausgiebigen Schlafs sah sie sich übel enttäuscht, ward vielmehr bereits nach kurzen Stunden im ersten Morgengrau durch ein dumpf-verworrenes Getöse, dann lautes Alarmgeschrei, Hörnerrufe und das Krachen von Donnerbüchsen wieder aufgeschreckt. Von der Hafenmauer her scholl das wilde Gelärm, und als die hastig mit Waffen hinzustürzenden Bürger dorthin gelangten, trafen sie noch gerade rechtzeitig ein, um der kleinen Schar von Mauerwächtern Hilfe zu leisten, einen auf Leitern anstürmenden dichten Feindesschwarm von den obersten Sprossen in die Tiefe zurückzuwerfen. An der großen Ladebrücke entlang aber drängte sich Mast an Mast, Kastell an Kastell der siebenundsiebzig Schiffe, mit denen das Liebesverlangen der Königin Philippa um die Gunst ihres Gemahls geworben hatte; bei Nacht und Nebel war die Flotte unbemerkt durch den Gellen herangekommen, um endlich den Lieblingswunsch Erichs von Pommern aus Knabenzeit her zur Ausführung zu bringen. Heute trug er die sichere Zuversicht in sich, Stralsund zu einem Kohlenhaufen zu machen, aber er hatte mit dem für die Nacht festgesetzten Aufstand in der Stadt, dem gleichzeitigen Angriff Kurt von Bonows von der Landseite her gerechnet und von dem in letzter Stunde hereingebrochenen Mißgeschick der Anstiftung Henning Manteuffels auf der See keine Kunde erhalten. So drohte die Gefahr der Überrumpelung nur während der kurzen Zwischenzeit, bis die mannhaften Stadtbürger zahlreich genug zur Abwehr herbeigeeilt waren; dann blieb bald außer Zweifel, daß die Angreifer trotz ihrer großen Überzahl gegen die gewaltige Mauerstärke nichts auszurichten vermöchten. Zwar schleuderten von den Schiffskastellen die Bliden und Mangen einen Hagel von schweren Steinen, Fässern mit Brennstoffen und Tonnen mit dänischem Stinkpulver herüber, daß die Verteidiger sich die Nasen mit Tüchern verbinden mußten, doch im Erfolg ähnelte aller Kraftaufwand nur dem Kinderspiel, das Erich von Pommern einstmals am Strand bei Rügenwalde gegen die von ihm aus Tang aufgebaute Stadt Stralsund betrieben hatte. Barhaupt, vom wehenden weißen Haar umflattert, befeuerte der Altburgemeister mit Donnerstimme seine Leute, und den dänischen Wappnern blieb nichts, als von dem aussichtslosen Ansturm ablassend, in ohnmächtiger Wut alles, was ihre Hände an der Ladebrücke erreichen konnten, zu zerhauen und zerstückeln, das Sankt Jürgen-Kloster und die sonstigen Bauwerke draußen vor der Mauer auszuplündern und in Brand zu setzen. Dazu schrieen sie den Bürgern ein schon uraltes Schimpfwort ins Gesicht hinauf: »Tydske Garper!« nicht grade sinnvoll und zutreffend, denn das zweite Wort bedeutete ›Läuse‹, und mit solchen war das dänische Volk von jeher ausnehmend viel reichlicher begabt als das deutsche. So tobten die Abgewiesenen in machtlosem Grimm, wie einst die griechischen Helden um die Mauern Trojas, mit herausforderndem Maulwerk und Hohngeschrei bis gegen Mittag umher, dann ging ihnen allmählich die Zwecklosigkeit ihres Treibens auf, daß sie eigentlich sich selbst verspotteten, sie setzten Segel bei und verschwanden, da der Wind sie nicht in den Gellen zurückließ; bald durch den Strela-Sund nach Süden. Ein ungeheures Gelärme im Grund um nichts war's gewesen; die rauchenden Trümmer am Hafen entlang bezeugten wohl die Tatsächlichkeit des vergeblichen, wie ein Nachtspuk abgesunkenen Überfalls, indes der zugefügte Schaden hatte für die reiche Stadt

Stralsund fraglos nur geringe Bedeutung. Doch Nikolaus von der Lippe stand noch auf der hohen Mauer, starrte mit weitaufgerissenen Augen hinter den davonziehenden Segeln drein und ballte ihnen eine Faust nach. An seine Seite war durch Zufall der Magister Wigbold geraten, dem vom Mund kam: »Die sind gut nach Haus geschickt und können sich am Noresund die Köpfe bepflastern lassen.« Abbrechend aber setzte er verwundert hinzu: »Was habet Ihr, Herr Burgemeister?«

Dessen breitmächtiges, sonst jederzeit eine wie steinerne Unbeweglichkeit wahrendes Gesicht zeigte einen fremdabsonderlichen Ausdruck, und wunderlich laut mit sich selbst redend, stieß er jetzt über die vorgeschobene Unterlippe: »Halt sie! Wer hält sie fest? Sie haben mich einen Lausekerl genannt – mit Eisen will ich ihnen das Maul zustopfen! Schick' mir den Teufel aus der Hölle her dazu und er soll dafür verlangen, was er will –«

Augenscheinlich hatte bei den wilden Vorgängen der beiden letzten Nächte und Tage die eiserne Kraft im Kopf des Herrn Nikolaus doch nicht standgehalten. Leiblich stand er hoch aufrecht da, aber sein Gehirn war von Erschöpfung überwältigt, und sein Mund sprach wirre Dinge vor sich hinaus.

* * *

Ein glanzvoller Maitag war's, kühl nach seiner norddeutschen Art, unter wolkenlosem Himmel blies kräftig der Nordwind, der die Dänenflotte durch den Gellen hereingebracht hatte, für Schifferaugen indes lag etwas in der Luft, als habe er vor, nach Osten umzuspringen. Nun war der Burgemeister mit den Ratsherren und vielköpfigem andern Geleit zur Ladebrücke hinuntergestiegen, dort den Schaden zu besichtigen, doch nur mit einem schweifend flackernden Blick gingen seine Augen über die Verwüstung hin; ungefähr seit einer Stunde mochte die Sonne ihren Mittagsstand durchschritten haben. Da fuhr plötzlich von einem Mund der Ruf: »Nu smiet de Düwel sin Grotmoder vun de Trepp dal! Hefft se dat med de swatte Kunst un kamt do günt wedder t'rügg?«

So sah's aus, jeder Blick ging in die Richtung, weiß im Lichtglanz blitzend, flog vom Gellen her wie ein Schwarm von Riesenmöwen eine Anzahl mächtig gebauschter Segel gegen die Brücke zu. Schnell drauf aber rief eine andre Stimme: »Nee, dat sünd Hansen, de vörste hett de Danziger Flagg.«

Und binnen kurzem litt's nicht mehr Zweifel, sechs hansische Handelskoggen von der größten Art waren's, die sich draußen auf der See angetroffen und, wie's Brauch, zusammengehalten, da alle nach Stralsund wollten. Sie kamen aus Osten her, doch für die Fahrt durch den Strela-Sund stand der Wind ihnen entgegen, so hatten sie den Kurs nordwärts von Rügen genommen, liefen jetzt unter vollsten Segeln fluggeschwind aus dem Gellen hervor, ohne eine Ahnung, was sich seit dem Morgenbeginn vor der Stadt zugetragen. Als vorderste schnitt die Kogge mit der Danziger Flagge durch's Wasserblau; sie zeigte am Bug unterm Vorderkastell kein Erzengel- oder Heiligenbildnis, sondern das Brustbild eines jungen Weibes, eine Seejungfrau schien's darzustellen. Mit lebensvollem Antlitzausdruck war es sichtlich von der Hand eines guten Künstlers aus verschiedenen Holzarten angefertigt, das lang auf die Schultern niederfließende Haar aus morgenländischem Ebenholz, während das des Gesichtes eine Farbe wie Elfenbein darbot; die Augen unter den dunklen Brauen warfen einen sternartig silbernen Glanz, über dem Scheitel sah von einem Halbrundbogen mit weithin erkennbaren weißen Buchstaben der Name ›Gesa‹ herab. Ungewohnt und auffällig waren Bildnis und Name, doch die an der Ladebrücke angesammelten Stralsunder hatten gegenwärtig keinen Blick noch Verwunderung dafür übrig; eher weitete es ihnen etwas die Lider auseinander, daß auf dem Vorderkastell des stadtfremden, augenscheinlich nagelneu gebauten Schiffes der Sohn ihres Altburgemeisters stand und hart neben ihm eine blutjunge Magd von unverkennbarer Ähnlichkeit mit dem geschnitzten Bild unterm Bugspriet. Nur hatte ihr der scharfe Wind, oder was sonst, Stirn und Wangen mit frischblühendem Rot gefärbt, ein langes seeblaues Gewand aus kostbarstem Brüggener Samt umfloß wie weiches Wellenspiel die hochschlanke Gestalt drunter, und über ihrer Brust leuchtete, dem Krönungsschmuck einer Königin gleich, ein goldenes, funkelnde Gesteine umfassendes Halsgeschmeide.

Das nahm auch, vornan stehend, Nikolaus von der Lippe gewahr, doch nur mit dem abwesend halbirren Blick, der seit ein paar Stunden in seine Augen gefahren. Jörg dagegen fiel das Blut aus dem Gesicht; so schnell, hier beim Anlanden schon, hatte er nicht vor seinem Vater dazustehen erwartet; mühsam nach Luft schöpfend, stieg er vom Kastell zur Ladebrücke herunter. Ihn überschwoll's jählings mit der Vollerkenntnis, daß seine Veranstaltung und seine draufgestellte Hoffnung nichts als eitel Blendwerk sei, mit dem er sich selbst die Sinne betrogen; ohne daß ihm die seltsame Anhäufung der erregten Bürgergesichter am Hafenrand zum Bewußtwerden kam, trat er, kaum ein Schlottern seiner Knie beherrschend, auf den Alten zu und stotterte, den breitkrämpigen Südwester vom Kopf abziehend, scheu niedergeschlagenen Blicks hervor: »Nehmt's nicht mit Unwillen an, Herr Vater – ich habe die Kogge in Danzig bauen lassen – sie gehört meiner – der Name dran ist der von meiner – sie steht dort oben – wenn Ihr einen Blick nach ihr richten mögt – für die ich Eure Zustimmung erbitten wollte, Herr Vater – daß ich sie mir zur Braut erwähle.«

Erst nach zwei vergeblichen, schreckhaft abgebrochenen Anläufen hatte der Sprecher das gescheute Wort über die Lippen gestammelt, und zu Tode bestürzt, unfähig, weiteres beizufügen, wich er einen Schritt zurück, stand wie gliedergelähmt. Denn nun schoß ihm aus den Augen des Alten der gefürchtete Blitz entgegen, und Herr Nikolaus stieß dazu aus: »Du? Wer bist du? Heißt du Jörg von der Lippe? Sieh' mich an! Hab' ich Läuse im Bart? Das läßt du mir ins Gesicht werfen? Bist du mein Sohn oder bist du der Teufel, den ich gerufen? Heißt du Jörg von der Lippe, da zeig's und hol sie mir! Bringst du sie her, da wähl' dir des Teufels Tochter zur Braut, wen du willst! Da hinunter sind sie!«

Er reckte den Arm südwärts nach dem Strela-Sund. Der Junge begriff's nicht, sah wortlos verdutzt in die irrflackernden Augen des Alten. Einiger Zeit bedurft' es, eh' ihm auf sein Fragen aus den durcheinander redenden Antworten der Umhergedrängten zu deutlichem Verständnis geriet, was hier erst eben geschehen sei; absonderlich nahm sich's aus, als wachse dabei die bisher haltlos vorgebückte Gestalt des jungen Schiffers Zoll um Zoll aufwärts. Seine Brust weitete sich zu befreitem Atemzug, seine Schultern dehnten sich breit; in die Augen kam's ihm, als schnaube eine Weiße Brechsee vor ihnen auf und seine Faust packe nach dem Ruder, reiße es herum, um Kopf und Kragen mitten durch sie hindurch. Nun spannte er die Nüstern und witterte in die Luft; zwischen seinen Zähnen flog's hervor: »Der Mord greift um – sie kommen nicht hinaus –«

Da stand er, voll verwandelt vom Kopf bis zum Fuß, hoch aufrecht, und ebenso klang jetzt auch seine Stimme auf, furchtlos, fest, wie aus einer Stahlkehle: »Herr Vater, ist's Euer Wort?«

»Was Wort? Was Wort?« wiederholte der kopfwirre Alte.

»Wenn ich Euch den Schimpf wett mache – daß ich Euch als Tochter die Braut ins Haus führen darf, die ich will?«

Wie zwei Wellen, die vom Wirbelsturm gepeitscht, sich mit den Schaummähnen wider einander aufbäumen, standen die beiden sich gegenüber. Auch Herrn Nikolaus' Nüstern schnoben, er stieß heraus: »Prahlhans! Schlägst du mit der Zunge drein? Einer von der Lippe zeigt's mit der Faust!«

»Hier, Vater! Handschlag auf Euer Wort!«

Der Junge streckte ihm die sehnige Hand entgegen, und um einen Augenblick später überhallte es, sonderbar täuschend, die Ladebrücke. Die Donnerstimme des Altburgemeisters war's, aber sie kam nicht aus seinem Mund, sondern aus dem Jörgs von der Lippe: »Wer steht mit mir? Mein Schiff holt die Dänen, oder mich sieht keiner mehr! Dudesche Hanse! Seid ihr Lübecker in Stralsund und klopft mit dem Badequast? Da wartet unsere Flotte! Drauf! Macht sie flott!«

Ein ungeheures Stimmengetöse aus tausend Kehlen brauste gegen seinen Ruf zurück, wälzte sich weiter, in die Stadt hinein, durch alle Gassen: »Auf die Dänen!« Er hatte das Wort ausgestoßen, und es zündete wie ein Blitzfunken in einem Strohdach; die von den letzten Tagen wildererregten Gemüter der Bürger schlugen zu feuerlodernder Flamme empor. Ringsum tobte es gleich donnernder Brandung: »Aufs Deck! Alle Mann! Schützen heraus! Bombarden! Kraut!« ein Ameisengewimmel, rennend und schleppend, ergoß sich aus den Hafentoren. Die Hansestädte waren daran gewöhnt, in dringlichen Fällen Kauffahrzeuge zu Kriegsschiffen umzuwandeln, doch mit so unglaublicher Geschwindigkeit hatte dies noch keine ins Werk gesetzt. Kaum drei Stunden vergingen nach dem Einlauf der sechs Koggen, da spannten diese, als Orlogschiffe gerüstet, wieder die Segel. Hundert gewaffnete Bürger drängten sich auf jedem zusammen, von den Kastellen reckten sich die Rohrschlünde der Feldschlangen und Bombarden vor, dicht standen die Topkastelle am Mars mit Knallbüchsen- und Hakenschützen, von Armbrustern untermengt, gefüllt. Keinem kam die mehr als zehnfache Überzahl der Dänenschiffe in den Sinn, die außerdem stundenlangen Vorsprung durch den Strela-Sund hatten, doch verstärkten die Anzeichen sich, daß draußen vor seinem Ausgang der Wind ungünstig für sie umlaufe. Die Stralsunder aber hielt's wie mit einem Rausch gepackt, fast jeder von ihnen nahm mehr oder minder an der Kopfbetäubung teil, die ihren Altburgemeister zum erstenmal in seinem Leben überfallen. Nur Jörg von der Lippe zwang seine Trunkenheit ins Herz zurück, hielt den Kopf wanklos fest und klar, die Augen scharf wie die eines

Sturmvogels. So stand er als Führer seiner Kogge auf dem Vorderkastell der vorangehenden ›Gesa‹ und neben ihm das lebende junge Menschenbild, dessen Antlitz der Schiffsschmuck am Bug nachahmte. Er hatte sie am Land zurücklassen wollen, doch hatte sie sich mit unbeirrbarer Willenskraft dagegen geweigert. Seeräuberblut war in ihr, das keine Furcht kannte; um sie für sich zu erringen, zog er in den Kampf, und beim Sieg oder Untergang wollte sie nicht von seiner Seite. Einer Silbermöwe, die auch Blaumantel benannt ward, ähnelnd, stand sie neben ihm; wie das weiße Brustgefieder derselben strahlte ihr Angesicht Glanz aus, und gleich blauen Flügelschwingen umschlang ihren Leib das Gewand. Jetzt hafteten staunend und bewundernd manche Augen auf ihr, wie das Schiff sich vom Ufer löste und sie dicht an der Brücke entlang forttrug, denn auch die Frauen und Mädchen der Stadt waren auf die Mauer hinausgeströmt, den fahrtgerüsteten Koggen nachzublicken, und eine von ihnen konnte sich den Mund nicht verhalten, sondern rief laut aus: »Is dat en Königin, oders kümmt se vun'n Hewen dal, de Hansen to helpen?«

* * *

Da hatten die jähen Überraschungen der beiden letzten Tage noch nicht ihr Ende genommen, noch eine neue gesellte sich hinzu. Nur um ein weniges südwärts von Stralsund lag im Sund die kleine Insel Strela, die ihm den Namen gegeben, und wie die hansischen Koggen eben auf diese zuzulaufen begonnen, umzog ihren Vorderrand eine dichte Segelmenge. Die dänische Flotte war's, sie kam zurück; als sie ans Ende des Strela-Sunds gelangt, hatten der heftig nach Osten umgeschlagene Wind und grobe See ihr wie mit Riegeln den Ausweg in den Greifswalder Bodden versperrt, und sie war umgekehrt, ihren Rücklauf wieder an der Stadt vorüber durch den Gellen zu nehmen. Wie man im Morgengrau in Stralsund nichts von ihrem Herannahen bemerkt gehabt, so zog sie jetzt ohne Ahnung von dem inzwischen Geschehenen in langer Reihe achtlos daher, und fast urplötzlich, beinahe unvorgesehen erst ward's ihrem vordersten Teil offenbar.

Eigen war der Vorgang in der Luft wie auf dem Wasser, auch der Wind kämpfte wider den Wind. Vom Gellen her kam noch der Nord und füllte die hansischen Segel, doch gleicherweise tat's den dänischen schon der Ost. So überflogen beide wie im Nu die zwischen ihnen klaffende Lücke. Manche stattliche Schiffe hatte die Königin Philippa ausgerüstet, und nur ein halbes Dutzend hansischer Koggen lief gegen die siebenundsiebzig an. Aber Berichte von Augenzeugen sprechen, sie hätten neben den Fahrzeugen der Feinde ausgesehen ›wie Kirchen neben Kapellen‹.

Denn Augenzeugen waren zu Tausenden da, Kopf an Kopf drängten sich auf der Stadtmauer Greise, Weiber und Kinder. Solches Schauspiel, wie heute Stralsund, hatten die Jahrhunderte noch nicht gewahrt. Im Hafen, kaum auf eine Viertelmeile weit, entbrannte an der Insel Strela vor den Zuschauern eine Seeschlacht. Doch kurz nur blieb ihnen der deutliche Anblick, nach wenigen Minuten lag alles von wogendem Pulverrauch umballt, aus dem nur da und dort geisterhaft weiße Linnen hervortauchten und zurückschwanden. Und so auch schlugen Flammen auf, loschen, von schwarzem Qualm überschnoben, aus.

Gradaus war die ›Gesa‹ als erste auf das vorderste Dänenschiff losgerannt, hatte dies, wie ein wütender Stier seinen Gegner mit gesenkten Hörnern anfällt, mit dem eisernen Schnabel niedergerannt, ohne daß es eine Gegenwehr zu leisten vermocht. Von ihren Kastellen krachten die Feuergeschütze, vom Mars herunter die Haken und Arkebusen zwischen die nächsten Feindesfahrzeuge hinein; Enterhaken, fünfarmige Anker an leichten Ketten, flogen nach ihnen aus, hielten sie gepackt, und die Stralsunder stürzten über die Brüstungen, hieben und stießen die noch wie betäubt dreinstarrenden Dänen nieder. Ehe deren nachfolgende Schiffe begriffen, was vorn geschah, war fast ein Dutzend an der Spitze zum Sinken gebracht, übermannt oder in Brand gesetzt. Dann erkannten sie nur die eine ›Gesa‹ als die Verderbenbringerin vor sich, drangen mit kochendem Grimm auf sie ein. Doch nun brausten die fünf anderen Koggen heran, fielen ihnen in die Flanken; das Waffengeklirr und Donnern der Bombarden noch überhallend, schrie's von allen Kastellen: »Dudesche Hanse!« In dichtem Gedränge und Handgemenge entstand unter den eng zusammengekeilten dänischen Schiffen eine ungeheure Verwirrung; unfähig, die Zahl der Gegner zu bemessen, von den Enterhaken gefaßt, von den hansischen Koggen überragt, wie schwimmende Häuser von Türmen, suchten sie sich zur Flucht zu drehen, verfingen sich mit den vom Wind hinter ihnen dreingetriebenen. Ihre Holzleiber krachten mit zerberstenden Planken, in das hilflos verstrickte Riesenknäuel stießen ringsum wildjauchzend die schonungslos erbitterten Hansen hinein, schleuderten brennende Pechkränze auf die verflochtene Masse, die hurtig wie zu einer einzigen Flamme emporloderte. »Dat weer'n Mandel«, schrie der Putzenmaker Putte Kock mit schornsteinfegerschwarzem Rauchgesicht, »nu lat us dat Schock vullmaken! Da krupt noch to veel vun de Garpers up't Water, fünft gifft dat Nisse.« Wilde Späße waren's, die da und dort aus einem Mund die blutige Abrechnung des gemeinen Kaufmanns mit seinen nordischen Widersachern begleiteten; auch manch einer unter den zu Kriegern umgewandelten Stadtbürgern griff, von Spieß, Bolz und Kugel tödlich getroffen, umschlagend noch einmal mit den Händen in die Luft, taumelte, das Wasser drunten rot färbend, über Bord. Aber für jeden von ihnen versanken zehn Dänen in den Wellen oder deckten als Leichen die Wracktrümmer ihrer vielfältig zerschellend auf die Sandbänke der Insel Strela geworfenen Schiffe. Bei dem Ringkampf in der schmalen Meerenge war der anstürmende hansische Nord dem dänischen Ost über und, noch ehe eine Stunde verflossen, der Ausgang nicht mehr zweifelhaft. Was sich von dem großen, zur Erstickung zusammengepreßten skandinavischen Geschwader noch zu rühren vermochte, ließ jede Hoffnung auf den Sieg fahren, trachtete einzig noch nach Rettung aus dem Untergang.

In diesem unermeßlichen Getümmel war's Jörg von der Lippe gelungen, sich mit der ›Gesa‹ eine freie Bahn zu brechen; als die Schlacht begonnen, hatte er für zwei Augenblicke das Kastell verlassen, plötzlich blitzschnell und wortlos die Arme um seine Braut geschlagen, sie wie eine eingefangene Taube zur Kajüte hinuntergetragen und dort in sicherndem Käfig verwahrt. Nun sah er, aus der Einengung frei geworden, auf kurze Strecke weit das größte der feindlichen Schiffe vor sich, eine Kogge, fast der seinigen gleichkommend; an ihrem Hauptmast flatterte ein mächtiges Flaggenbanner mit dem Wappen der drei skandinavischen Reiche, und zwischen ihnen in der Mitte spreizte der pommersche Greif seine Fänge. Augenscheinlich war's das Admiralschiff der dänischen Flotte, und jetzt ward auf dem Vorderkastell auch sein Befehlshaber erkennbar. In goldblinkender Panzerrüstung stand er hochaufgerichtet, ein nach rückwärts schwerbefederter Goldhelm deckte ihm den Kopf, auch als Kleinod den Greif tragend. Jörg war in der Mondnacht nicht bis ins Innere des Kreidehauses am Jasmunder Strande gelangt, hatte den vom Magister Wigbold dorthin geführten Gast nicht mit Augen wahrgenommen, doch im Nu ward's ihm bei dem Anblick zur Gewißheit, der drüben mußte König Erich selbst sein, und mit weithallender

Stimme schrie er diesem entgegen: »Hüt heff ick di beter, Erich vun Pommern, un min Tweerns tövt up din Arms!« Mit der Linken zu Boden greifend, hob er deutend einen dicken Ankerstrick in die Luft; sein Befehlsruf ließ das Steuer grad' auf das Admiralschiff zuhalten.

Viel Unwürdiges, besserem Menschensein Verächtliches lag in der Brust König Erichs zusammengehäuft, aber Feigheit war nicht in ihr. Ihm kam's nicht in den Sinn, dem drohenden Anprall auszuweichen, von Dutzenden seiner gepanzerten Ritter umgeben, ließ er tollkühn den Zusammenstoß aufnehmen. Der mußte auch die ›Gesa‹ leck schlagen und kampfunfähig machen; mit klugem Geschick vermied Jörg ihn im letzten Augenblick, ließ seine Kogge leewärts an die Seite der feindlichen gleiten. Trotzdem krachten und knatterten die Wandungen beider bei dem Gegendruck, die Ketten der bereitgehaltenen Enterhaken rasselten; ›Dudesche Hanse!‹ und ›Tydske Garper!‹ tobte Geschrei hinüber und herüber.

Da nahmen Jörg von der Lippe und Erich von Pommern gleichzeitig etwas plötzlich Auftauchendes gewahr. Bei dem hallenden Ruf des ersteren hatte Gesa, die junge, sich nicht von ihrem Käfig halten lassen, war wieder herausgeflogen, stand auf dem Kastell da, und wie festgebannt blieb des Königs Blick auf der wundersamen Erscheinung des jungen Weibes haften; in seinen Augen glimmerte eine brennend aufglühende Begier. Doch ein dänischer Schütze mochte sie für ein Seeweib ansehen, das mit Wind machender Zauberkunst den Hansen zum Beistand gekommen; er spannte seine Armbrust, und von der Sehne schwirrte sein Eisenbolzen grad' gegen ihre Brust. Zu Tod getroffen, hätte sie niederschlagen müssen, allein Jörg hatte im letzten Augenblick die ihr drohende Gefahr aufgehascht und eben noch Zeit gehabt, deckend vor sie hinzustürzen. So traf ihn der Pfeil unter dem rechten Schulterblatt und durchbohrte sein Lederkoller: er taumelte von der Wucht des Anschlags, schwarz zog's ihm über die Augen, und gelähmt fiel sein Arm schlaff herunter. Bestürzung überkam seine Leute um ihn, drüben brach ein Freudengeheul aus den Wappnerkehlen.

Mit dem Mädchen zugleich aber war noch ein Weib von drunten heraufgekommen, der Wind stob ihr langdunkles, graugemengtes Haar um Schläfen und Schultern, und eine schallende Lache aufschlagend, rief sie jetzt: »Kommst du heut' mit deiner ganzen Flotte, mich in dein Schloß heimzuführen, Erich von Pommern? Hier ist dein Schiff ›Gesa‹, das du bauen wolltest, mich zu holen, und hier steht Gesa, deine Braut.

Sie girrt nach ihrem Tauber – deine Taube fliegt zu dir. Die Sonne geht herunter, und die Mondnacht kommt. Fang' mich auf mit deinen Armen!«

Die Gesa aus den Trümmern der Vikingburg über Julin breitete ihre Arme wie zwei Flügel weit auseinander und eilte der Brüstung des Kastells zu, als wolle sie über diese nach dem Admiralschiff hinüberfliegen. Aus ihrem Lachen, den Worten und dem Klang der Stimme war das Sonderbare hervorgekommen, das Claus Störtebeker seiner Tochter mit seinen vergrabenen Schätzen als Erbteil übermacht; nicht Geistesschwäche, denn für ihr Kind war sie mit kluger Vernunft bedacht, und was sie sprach, zeugte auch nicht von Sinnverrückung. Doch etwas Irrtönendes lag drin, wie vom Munde einer in halbem Traumzustand Redenden; so als eine mondsüchtig auf der verlassenen Düne Umgehende hatte Erich von Pommern einst das blutjunge Ding in der Nacht angetroffen und, selbst auch fast ein Knabe noch, lüstern mit listiger Betörung umstrickt, daß sie ihm nicht Widerstand geleistet. Und so war's bei seinem Anblick in dem Kreidehaus wieder über sie geraten und geriet es jetzt in gleicher Art. Jahre um Jahre hatte sie auf seine Rückkehr, die er ihr beim Fortgang zugeschworen, gewartet, bis jeder Blutstropfen in ihr sich mit glühendem Haß gegen ihn angefüllt. Der schleuderte ihm ihr irrklingendes Lachen, die mit bitterem Spott getränkten Worte ins Gesicht, und dennoch zitterte durch den grimmigen Hohn noch etwas Wahres, seit jener Mondnacht mit unaustilgbarer Sehnsucht in ihrer Brust Zurückgebliebenes hervor. Totes und doch noch Fortlebendes mischten sich in ihrem Hohnruf zusammen, das vor allem gab ihm den seltsamen, geisterhaft wahnwitzigen Klang.

Denn so lange dieser erscholl, übte er auf alle Hörer eine wunderhafte, wie festbannende Wirkung, daß mitten in der Schlacht ein paar Augenblicke jede zum Kampf auf Tod und Leben emporgereckte Hand ihre Waffe unbeweglich anhielt. Erich von Pommern aber war schreckvoll erblaßten Gesichts zurückgefahren; wie Jörg von der Lippe nichts mit Furcht überwältigte, als die Augen seines Vaters, so entfiel dem Herrn der drei nordischen Reiche Blut und Mut vor der jähen Wiedererscheinung des ihn mit Kosewörtern höhnenden und wie mit Ketten umschlingenden Weibes vom Jasmunder Strand. Ungezählte ihres Geschlechts, in seinem Gedächtnis ausgelöscht, hatte er in den Armen gehalten, aber sie war die erste seines Lebens gewesen, und ob er auch nie etwas von einer Gewissensscheu gekannt, packte es ihn aus ihrem Anblick mit einer knabenhaften Angst an. Als ein Mondnachtsgespenst reckte sie sich heute am lichten Tag vor ihm auf, streckte die Arme aus, sich seiner zu bemächtigen. An den Christengott und dessen Erzengel glaubte er so wenig, als es seine Ahnherren Swantibor und Waldemar Atterdag getan, doch vor Dämonen und aus Gräbern rückkehrenden Geistern schüttelte es ihm wie dem niedrigsten Schiffsknecht das Blut, und als eine Rachefurie hatte der Höllenschlund die Gesa von Wollin wider ihn ausgeschickt. Wahn durchkreiste seinen Kopf, sie fliege durch die Luft zu ihm herüber, und sie kam auf dem Schiff, das er als Knabe bauen gewollt, um Seeräuber zu werden, der Name Gesa flammte dran über ihrem Bild. Nicht aus Holz und Leinwand, ein Geisterschiff war's, gegen das kein Widerstand möglich fiel.

König Erich von Dänemark, Norwegen und Schweden schrie plötzlich, von Grausen übermannt auf: »Macht los! Der Teufel! Los!«

Ein Innehalten des Kampfes auf beiden Seiten war's gewesen, wohl kaum von der Dauer einer Viertelminute, denn auch auf der ›Gesa‹ hatte Bestürzung über das Zurückschwanken des vom Geschoß getroffenen jungen Führers unwillkürlich dem Hinüberdringen seiner Mannschaft nach dem Admiralschiff so lange Einhalt getan. Indes nur während drei oder vier schwerer Atemzüge hielt die Betäubung Jörg von der Lippe gefaßt, dann streckte er statt des rechten den linken Arm auf und rief: »Dat's blot Kinnerspeel – los up den Garpenvagel!« Doch die Enterhaken hatten unter dem pommerschen Greifen noch nicht fest gepackt, auf das Gebot des Königs war es blitzschnell gelungen, sie mit Axthieben zu kappen und mit Klüverstangen die dänische Kogge von der ›Gesa‹ abzudrängen. Eine Wasserlücke klaffte zwischen beiden auf, und jetzt kam der Wind, der Ost, der den Nord niedergerungen, der ersteren zur Hilfe, entriß sie aus der tödlichen Umarmung. Ihre geschwellten Segel retteten sie davon, während ihre Gegnerin sich beschwerlich gegen den Widerwind drehen mußte, um ihr nachfolgen zu können. Als sie's ins Werk gesetzt und auch ihre Segel sich wieder bauschten, zog der pommersche Greif hastig an Stralsund vorüber. Nun lief die ›Gesa‹ hinter ihm drein; wie ein gehetztes Wild floh Erich von Pommern über die schäumenden Wellen, sein eignes Blut machte Jagd auf ihn. So ging's nordwärts durch den Strela-Sund in den Kubitzer Bodden hinaus, doch der Greif hatte zu weiten Vorsprung gewonnen, ließ sich nicht zum andernmal fassen. Das Admiralschiff allein entkam durch den Gellen in die See, die sechsundsiebzig andern der dänischen

Flotte waren von sechs hansischen Koggen niedergerannt, verbrannt, geentert, als Beute weggeschleppt. Das war der größte Tag, den Stralsund je gesehen; an ihm verlor die Insel Strela ihren alten Namen und erhielt den neuen ›Dänholm‹.

Sonnenuntergang nahte heran, als die ›Gesa‹, nachdem sie von der vergeblichen Jagd abgelassen, mit vielen Kreuzschlägen nur mühsam und langsam gegen den Ost zur Ladebrücke herankam. Doch auf dieser stand noch die ganze Stadtbevölkerung wartend zusammengedrängt, empfing das anlegende Schiff mit unermeßlichem Jubelgeschrei; unter den vordersten leuchtete des Altburgemeisters weißer Kopf, von dem er den Hut abgezogen. Jörg von der Lippe stieg vom Kastell herab, diesmal begleitete ihn die junge Gesa, ihre Mutter blieb am Deck zurück. Wie die beiden ans Land traten, fielen die Frauen und Mädchen umher auf die Knie und riefen: »Se is vun'n Hewen dalkamen un hett us holpen!«

Aus Herrn Nikolaus' Augen war das irre Geflacker vom Mittag weggeschwunden; die Menge um Kopflänge überragend, stand er mit stolzem Gesichtsausdruck. Als der Junge an ihn herangeschritten, streckte er ihm ohne Wort die Hand entgegen, doch Jörg sagte: »Mit de geiht dat hüt bi mi nich, Herr Vadder, Ji möt mit de Luchterhand vörleef nehm. Awers de Garpers hett se Jüm bröcht.«

Er faßte mit der Linken die Rechte des Vaters, der nichts erwiderte, als: »Du büst min Söhn.« Nun drehte der Alte die Augen nach Gesa, sah sie an und setzte hinzu: »Is dat min Dochter?«

»Wenn up dat Wort vun Niklas vunne Lipp to stahn is, denn warrd se dat.«

Ohne Trotz, doch auch ohne Scheu, von sichrem Augenaufschlag begleitet, kam's dem jungen Sieger vom Mund. Sein Vater hielt den Blick noch auf das Mädchen gerichtet und fragte: »Wat is din Nam?«

Ihn gleichfalls furchtlos ansehend, antwortete sie: »Gesa«. Schweigend holte der Alte noch einmal Atem, dann sagte er: »Jörg vunne Lipp mutt dat weeten. Kumm in min Hus, Gesa.«

* *
*

Ein Junitag sah festlichen Aufzug auf dem Alten Markt, von dessen Boden die Blutfarbe weggescheuert worden; die ganze Stadt drängte sich Kopf an Kopf auf dem Platz und in den anstoßenden Gassen zusammen, um dem Hochzeitsgang des Siegers vom Dänholm beizuwohnen, Glockengeläut wogte von allen Türmen. Herr Nikolaus war ein sparsam beflissener Hausvater, doch er hatte für seinen Sohn und dessen Braut bis zur Sankt Nikolaikirche lündisches Tuch legen lassen; darauf führte er seine neue Tochter hinüber, und ihr Vergleichbares hatte Stralsund niemals gesehen. Nicht Ähnliches an königlicher Pracht, in der das Enkelkind Claus Störtebekers dahinschritt, doch noch weniger an zauberischer Schönheit einer Braut. Menschenalterlang neideten Volkslieder auf den Gassen Jörg von der Lippe um sein junges Weib.

Anders sah's um die gleiche Zeit drüben am Noresund aus, dort bewegte sich durch die Straßen Kopenhagens ein spärliches Totengeleit, das die Königin Philippa zur Gruftstatt brachte. Ihre Hoffnung, sich die Gunst ihres Gemahls zu gewinnen, war von der dudeschen Hanse zerschlagen worden; in Grimm und Wut als Flüchtling heimgekehrt, hatte er ihr den Dank für die siebenundsiebzig Schiffe mit wilder Mißhandlung entrichtet, und zehrender Gram legte die noch jugendliche Plantagenettochter früh in den Sarg. So erlebte sie's nicht mehr, daß Schweden sich gegen den Unionskönig auflehnte, rasch danach Norwegen das Gleiche tat und dann auch Dänemark ihn durch einen Absagebrief seiner Reichsräte vom Thron hinabstieß, den sie seinem Schwestersohn, dem Pfalzgrafen Christoph von Bayern, darboten. Der Tag von Stralsund war's, der sein Geschick entschieden und die Hanse zum alten Glanz, zu festem Zusammenschluß wieder emporgehoben hatte; auch das lau gewordene Lübeck trachtete jetzt danach, sich seines Ruhms und Ranges als Bundeshauptstadt aufs neue würdig zu erweisen, um nicht, von der mächtig an Ansehn aufgestiegenen Nachbarstadt am Strela-Sund überflügelt, Vorrang und Führung der Hanse einzubüßen.

Erich von Pommern aber führte jetzt aus, was er als Knabe abenteuerlich im Sinn getragen. Bei Nacht und Nebel verließ er mit den Krongesteinen seiner verlorenen Reiche und den von ihm angesammelten Reichtümern seine Kopenhagener Schloßburg und fuhr nach der Insel Gotland hinüber. Dort setzte er sich in der verfallenen, einst von seinem Urältervater Waldemar Atterdag durch Truglist eroberten und zerstörten Stadt Wisby fest, rüstete Schiffe, für die er tollverwegenes Volk anwarb, und ward zum Seeräuber; Henning Manteuffel und Hanns Moltke scheinen ihn mit ihrer reichen Erfahrung dabei als Hauptleute unterstützt zu haben. Seine Hand war gegen alle, mit gleichem Rachedurst überfiel er jeden hansischen und skandinavischen Kauffahrer, den er überwältigen konnte, schleppte ihn als Beute in seine Felsschlupflöcher an der verrufenen Inselküste heim.

Eine Anzahl von Jahren verbrachte Gesa, die Mutter, im Stralsunder Hause Jörgs von der Lippe, schaukelte, anscheinend ruhig-befriedigt, sich mehrende Enkel auf ihren Knien, spielte mit ihnen und lachte dazu mit dem eigenartig hellen Klang. Doch eines Morgens war sie über Nacht verschwunden, hatte hinterlassen, sie wolle das Kreidehaus auf Jasmund noch einmal aufsuchen, komme von dort zurück. Sie kehrte aber nicht wieder, blieb verschollen, und erst nach Jahren ward durch Zufall kund, daß jemand sie auf Gotland gesehen habe. Von unbezwinglichem Drang getrieben, war die Seeräubertochter zu dem Seeräuber gegangen, der sie einst in der Mondnacht auf Wollin zwischen den Trümmerresten der Palnatoteburg angetroffen. Das Alter mochte die Erinnerung daran wie schwellende Flut in ihr wieder aufgeweckt und den Haß aus ihrem Blut weggeschwemmt haben; so hatte sie's zu dem früh gealterten und verwitterten Nachfahren der alten Vikinger hinübergedrängt, im Gefühl, daß sie unlösbar zu ihm gehöre, das Mißgeschick seines Ausgangs teilen müsse. Denn übel erging's ihm mehr und mehr; auf dem ›Hansetag‹ war schon öfter gefordert worden, man solle zurüsten, mit Gewalt das Raubnest auf Wisby auszunehmen, doch Lübeck hatte halb spöttisch, halb aus einem Mitleid mit der gefallenen Größe gegengehalten: der arme König müsse doch etwas haben, wovon er sich nähre; seltsame Widersprüche vereinigte die Zeit in sich. Dann aber handelte Karl Knudson, der neue König von Schweden, mit weniger Schonung, verjagte den Seeräuber aus seinem gotlandischen Felsenhorst, und über das baltische Meer floh Erich von Pommern in die ärmliche Väterburg bei Rügenwalde zurück, von wo einst Margarete Sprengehest ihn vor einem halben Jahrhundert auf den Thron der nordischen Reiche berufen. Dorthin soll ihn ein weißhaariges Weib mit noch schön erhaltenen Antlitzzügen begleitet und am Strande, der seine Knabenspiele gesehen, ihn manchmal als schwach auf den Füßen einherschwankenden Greis mit ihrem Arm gestützt haben. Die letzte Kunde aber von Erich von Pommern berichtet, daß er, auch darin seinem Ahnherrn Waldemar nachgeartet, am Schluß seiner Tage mit dem Gleichmut eines Weisen auf sein vielbewegtes Leben zurück und auf die Eitelkeit alles vergänglichen irdischen Hoheitsglanzes niedergesehen.

– – –

Die Macht der dudeschen Hanse ist seit langem von den nordischen Meeren weggeschwunden, die sie nicht mehr mit ihren Orlogskoggen beherrscht. Jahrhunderte hindurch ging der reiche Handel der Seestädte und mit ihm ihre Blüte zurück, abhängig von der Überkraft und Willkür derer geworden, denen sie ehemals ihre Gebote vorgeschrieben. Vom zerrissenen römischen Reich deutscher Nation im Stich gelassen, wurden die Osterlinge und Westerlinge zum Spielball und Spott der Holländer und Engländer, selbst des kleinen Völkchens der Dänen.

Lernen wir etwas aus der Betrachtung der Vergangenheit, der Geschichte des Hansebundes? Eines gewiß, die unumstößliche Wahrheit des Wortes von Spinoza, daß jeder nur so viel Recht besitzt, als er Kraft hat, es zu behaupten. Und die Hanse lehrt, daß dazu nicht allein die Herrschaft auf der See gehört, sondern zu ihrer Forterhaltung auch die feste Zusammenfassung der Kraft unter einen Willen, eine gebietende Führung.

Die hansischen Koggen wären heute trotz ihren stolzen Kastellen ohnmächtige Kinderspielzeuge. Unsere Tage fordern zu dem eisernen Willen auch eisern gepanzerte Schiffe. Die zu schaffen, jedem Widersacher an Zahl und Kraft ebenbürtig, ist die oberste, die drangvollste Pflicht des neuen deutschen Reiches, und dann: »Hier wieder dudesche Hanse rund um den Erdball!«